射鵰英雄傳

深山高峯

劄目頓首啓
運使直閣侍史近聞
言誼良勤懷向比辰春雨伏惟
漕輓餘閒
台候曼福少懇近得
音以本司官兵二月下旬以後券食錢未有準擬
權於
貴司覓撥錢應副已有公文奉
聞今專文期不遠敢煩
顧言速為覓撥錢三十万貫告為
嚴戒所屬星夜起發得二月中旬內到軍前以濟
急闕候
朝廷降到錢即便發還也千万千万
浣悚不及未聞
自愛不宣　世忠　劄目頓首啓
運使直閣侍史

韓世忠書法：這封信是向運使直閣侍史要求急撥軍費三十萬貫。

秦仲文「水郭煙波」：秦仲文，河北遵化人，當代山水畫家。

明代木刻「岳陽樓圖」

岳陽樓

四元玉鑑 卷下 補草

消云式得 物易天位得 倍之

得 與次式相加得 又倍物元式得

消之得 又以物元式消之得下式

又六因物元式得 加之得

爲前式今式剔分爲二 直截人元 其右半 自之得 於

朱世傑「四元玉鑑」算經中的一頁：朱世傑，宋末元初人。第一行第二個算式即$xy^2-120y-2xy+2x^2+2x$。

測圓海鏡 卷三

股減邊股餘 爲高弦以倍之得 爲黃廣弦也

內卻減邊股得 爲黃股復以邊股乘之得 於

上又以明弦自乘得二萬三千四百〇九爲分母以乘

上位得 爲帶分半徑冪寄左然後置黃廣弦以天

元乘之得下 復合以明弦除之不除寄爲母便以

此爲全徑又半之得 爲半徑自之得 爲

同數與左相消得下式 開三乘方得七十

二步即明勾也餘各依法入之合問

又法邊股內減二明弦復以邊股乘之復以明弦冪乘之

爲三乘方實廉從併與前同

李冶「測圓海鏡」算經中的一頁：李冶，宋理宗年間人。中國古算法的算式與西法不同，如第五行之算式為$2x^2+654x$。

更定百子圖

縱橫斜正各五百零五數

一百子作二百二十子用

六十	五	九十六	七十	八十三	十九	卅	九十七	四	四十二
六十六	四十三	一	七十四	十二	九十	五十四	八十九	六十九	八
四十六	十八	五十六	廿九	八十七	六十八	廿一	卅四	六十二	八十四
卅二	七十五	百	四十七	六十三	十四	五十三	廿七	七十七	十七
廿二	六十二	卅八	卅九	五十二	五十一	五十七	十五	九十一	七十九
卅一	九十五	十三	六十四	五十	四十九	六十七	八十六	十	四十
八十三	廿五	四十四	四十五	二	廿六	七十一	廿四	七十三	九十三
十六	九十九	五十九	廿三	卅三	八十五	九	廿八	五十五	九十八
七十三	廿六	六	九十四	八十八	十二	六十五	八十	五十八	三十二
七十六	四十八	九十二	二十	廿七	八十一	七十八	廿五	七	四十一

「更定百子圖」：縱橫斜正相加，均為五百零五。中國古代算學家對這類縱橫圖甚感興趣，圖式花樣百出，並有立體者。

射鵰英雄傳

大字版

⑥深山高峯

金庸

大字版金庸作品集⑭
射鵰英雄傳 (6)深山高峯 「公元2003年金庸新修版」
The Eagle-shooting Heroes, Vol. 6

作　者／金　庸

*本書由明河社出版有限公司授權遠流出版公司在臺灣地區出版發行。
封面設計／唐壽南　內頁插畫／姜雲行

發 行 人／王　榮　文
出版・發行／遠流出版事業股份有限公司
臺北市中山北路一段11號13樓
電話／2571-0297　**傳真**／2571-0197　**郵撥**／0189456-1

□2003年8月1日　初版一刷
□2024年8月1日　二版十刷

大字版　每冊*380*元（本作品全八冊，共3040元）
〔另有典藏版共36冊（不分售），平裝版共36冊，新修版共36冊，新修文庫版共72冊〕

ISBN　978-957-32-8121-4（**套：大字版**）
ISBN　978-957-32-8118-4（**第六冊：大字版**）
Printed in Taiwan

YLib 遠流博識網
http://www.ylib.com　E-mail:ylib@ylib.com

目錄

黃藥師見女兒神色悽苦，卻又顯然是纏綿萬狀、難分難捨之情，知她對郭靖已然情根深種，無可化解，不由得嘆了口長氣。黃蓉怔怔站著，淚珠兒緩緩的流了下來。

第二十六回　新盟舊約

黃藥師心想不明不白的跟全眞七子大戰一場，更不明不白的結下了深仇，眞是好沒來由，眼見梅超風呼吸漸微，想起數十年來的恩怨，甚是傷感，忍不住流下淚來。

梅超風嘴角邊微微一笑，說道：「師父，求你再像從前那樣待我好。我太對你不住了，我錯盡錯絕！我要留在你身邊，永遠……永遠服侍你。我快死了，來不及啦！」滿臉盡是祈求之色。

黃藥師含淚說道：「好！好！我仍像你從前小時候那樣待你！若華，今後你可得乖乖的，要聽師父的話。」梅超風背叛師門，實是終身大恨，臨死竟然能得恩師原宥，又得師父重叫昔日小名，不禁大喜，雙手拉住師父右手輕輕搖晃，說道：「若華要永遠聽師父的話。師父，我要練回去做十二歲、十三歲時候的若華，師父，你教我，你教我：

……」勉力爬起，要重行拜師之禮，磕到第三個頭，身子僵硬，再也不動了。

黃蓉在隔室見著這些驚心動魄之事連續出現，只盼父親多留片刻，郭靖內息暢順，立時就可出來和他相見，卻見父親已俯身將梅超風屍身抱起。

忽聽門外一聲馬嘶，正是郭靖那匹小紅馬的聲音。又聽傻姑的聲音道：「這裏就是牛家村啊。我怎知道有沒人姓郭？你是姓郭麼？」又一個人道：「就這麼幾戶人家，難道村裏的人你都認不全？」聽他口音極不耐煩，說著幾個人推門進來。

黃藥師在門後一張，臉色忽變，進門來的正是他踏破鐵鞋無覓處的江南六怪。原來他們去桃花島赴約，東轉西繞，始終沒法進入黃藥師的居室，後來遇見島上啞僕，才知他已離島。六怪見小紅馬在林中亂闖，韓寶駒就將牠牽了，來牛家村尋找郭靖。

六怪剛踏進門，飛天蝙蝠柯鎮惡耳朵極靈，立時聽到門後有呼吸之聲，叫道：「有人！」六怪當即轉身。朱聰等五人見黃藥師橫抱梅超風的屍體，攔在門口，顯是防他們逃逸，心中大震。朱聰道：「黃島主別來無恙！我們六兄弟遵囑赴桃花島拜會，適逢島主有事他往，今日在此相遇，幸何如之。」說著躬身長揖。

黃藥師本想便即出手殺死六怪，一瞥眼間見到梅超風慘白的臉，更想：「六怪是她死仇，今日雖她先死，但我仍要讓她親手殺盡六怪，若她地下有知，也必歡喜。」右手抱著屍身，左手舉起她的手腕，身影略晃，欺到韓寶駒身邊，以梅超風的手掌向他右臂打去。韓寶駒驚覺欲避，卻那裏來得及，啪的一聲，右臂已然中掌。黃藥師的武功透過死人手掌發出，便如以她手掌爲武器一般，勁力奇重，韓寶駒右臂雖然未斷，也已半身酸麻，動彈不得。

黃藥師一語不發，一上來就下殺手，且以梅超風的屍身作爲武器，更加怪異無倫，六怪齊聲呼嘯，各出兵刃。黃藥師高舉梅超風屍體，渾不理會六怪的兵刃，直撲過來。韓小瑩首當其衝，見梅超風死後仍雙目圓睜，長髮披肩，口邊滿是鮮血，形狀可怖之極，右掌高舉，向自己頭頂猛拍而下，嚇得手足酸軟，全不知閃避招架。南希仁揮動扁擔，全金發飛出秤錘，齊向梅超風臂上打去。黃藥師縮回屍體右臂，左臂甩出，正擊在韓小瑩腰裏，只疼得她直蹲下去。韓寶駒斜步側身，金龍鞭著地捲出。黃藥師左足踏上，踩住鞭梢。韓寶駒用力回抽，那裏有分毫動彈？瞬息之間，梅超風的手爪已抓到面前。韓寶駒大駭，撒鞭後仰，就地滾開，只感臉上熱辣辣的甚是疼痛，伸手摸去，只見滿掌鮮血，原來已給抓了五條爪印，幸虧梅超風已死，不能施展九陰白骨爪手段，手爪上劇毒也已因氣絕而散，否則這一下已將他立斃爪底。

只交手數合，六怪險象環生，若不是黃藥師要讓梅超風死後親手殺人報仇，定要以她手腳殲敵，六怪早已死傷殆盡，饒是如此，在桃花島主神出鬼沒的招數之下，六人都已命在呼吸之間。

郭靖在隔室聽得朱聰與黃藥師招呼，心中大喜，其後聽得七人動手，六位恩師氣喘呼喝，奮力抵禦，情勢危急異常，自己丹田之氣尙未凝穩，但六位師父養育之恩與父母無異，豈能袖手？當下閉氣凝息，發掌推出，砰的一聲，將內外密門打得粉碎。

黃蓉大驚，眼見他功行未曾圓滿，尙差數刻功夫，竟在這當口使勁發掌，只怕傷了性命，忙叫：「靖哥哥，別動手！」郭靖一掌出手，只感丹田之氣向上疾衝，熱火攻心，忙閉氣收束，將內息重又逼回丹田。

黃藥師與六怪見櫥門突然碎裂，現出郭黃二人，俱各驚喜交集，各自躍開。

黃藥師乍見愛女，恍在夢中，伸手揉了揉眼睛，叫道：「蓉兒，蓉兒，當眞是你？」黃蓉一掌仍與郭靖左掌相接，微笑點頭，卻不言語。黃藥師這一下喜出望外，別的甚麼都置之腦後，將梅超風屍身橫放櫈上，走到碗櫥旁，盤膝坐下，一探女兒脈門，覺她脈息穩妥，便隔著櫥門伸出左掌和郭靖右掌抵住。

郭靖體內幾股熱氣翻翻滾滾，本已難受異常，這片刻之間，已數次要躍起大叫大嚷以舒鬱悶，黃藥師的手掌伸過來相接，一股強勁之極的內力傳到，便即逐漸寧定。黃藥師的內力何等深厚，右手更在他周身要穴推拿撫摸，只一頓飯功夫，便救了他性命，郭靖氣定神閒，內息周流，躍出櫥門，向黃藥師拜倒，隨即過去叩見六位師父。

這邊郭靖向師父叙說別來情形，那邊黃藥師牽著愛女之手，聽她咭咭咯咯、又說又笑的講述。六怪初時聽郭靖說話，但郭靖說話遲鈍，詞不達意，黃蓉不唯語音清脆，言辭華瞻，而描繪到驚險之處，更有聲有色，精采百出，六怪情不自禁，一個個都過去傾聽。郭靖也就住口，從說話人變成了聽話人。這一席話黃蓉足足說了大半個時辰，她神采飛揚，妙語如珠，忽莊忽諧，人人聽得悠然神往，如飲醇醪。

黃藥師聽得愛女居然做了丐幫幫主，直是匪夷所思，說道：「七兄這一招希奇古怪，大有邪氣。他不做北丐了，莫非想搶我外號，改稱『北邪』？五絕變成了東丐、西毒、南帝、北邪、中不知甚麼！」

黃蓉直說到黃藥師與六怪動手，笑道：「好啦，以後的事不用我說啦。」黃藥師道：「我要去殺歐陽鋒、靈智和尚、裘千仞、楊康四個惡賊，孩子，你隨我瞧熱鬧去罷。」他口中說的是要殺人，但瞧著愛女，心中歡喜，臉上滿是笑意。他向六怪望了一眼，心中頗有歉意，但明知理虧，卻也不肯向人低頭認錯，只道：「總算運氣還不太壞，沒教我誤傷好人。」黃蓉本來惱恨六怪逼迫郭靖不得與自己成婚，此時穆念慈與楊康已有婚姻之約，於此事便已釋然，笑道：「爹爹，你向這幾位師父賠個不是罷。」

黃藥師哼了一聲，岔開話題，說道：「我要找西毒去，靖兒，你也去罷。」

他本來於郭靖的魯鈍木訥深感不喜，心想我黃藥師聰明絕頂，卻以如此的笨蛋作女婿，豈不讓武林中人笑歪了嘴巴，好容易答允了婚事，偏偏周伯通又不分輕重的胡開玩笑，說郭靖借了梅超風的九陰眞經抄錄。惱怒之際，便信以爲眞，惱恨郭靖奸詐陰險，但送走洪七公、歐陽鋒、周伯通等人之後，隨即想明，郭靖所背眞經下卷，經文遠較梅超風手中的下卷爲多，且無「何況到如今」等詞句，當非抄自梅超風手中的抄本，早知是周伯通說謊；後來誤信靈智上人揑造的黃蓉死訊，終於重見愛女，狂喜之下，對六怪的怨怒一時盡消，只不肯認錯致歉，但盼將來能幫他們一個大忙，作爲補過；再見梅超風至死不忘師恩，捨生救了自己大難，心想：「若華與他師哥玄風生情，如來向我稟明，求爲夫婦，我亦不至於定然不准，何必干冒大險，逃出桃花島去？總是我生平喜怒無常，他二人左思右想，終究不敢開口。倘若蓉兒竟也因我性子怪僻而落得猶如若華一般……」思之不寒而慄，這「靖兒」兩字一叫，那便是又認他爲婿了。

黃蓉大喜，斜眼瞧郭靖時，見他渾不知這「靖兒」兩字稱呼中的含義，便道：「爹，咱們先到皇宮去接師父出來。」

這時郭靖又將桃花島上黃藥師許婚、洪七公已收他爲徒等情稟告師父。柯鎭惡喜道：「你竟如此造化，得拜九指神丐爲師，又蒙桃花島主將愛女許婚，我們喜之不盡，豈有不許之理？只是蒙古大汗……」他想到成吉思汗封他爲金刀駙馬，這件事中頗有爲難之處，說了出來，定又大惹黃藥師之惱，一時卻不知如何措辭。

突然大門呀的一聲推開，傻姑走了進來，拿著一隻用黃皮紙摺成的猴兒，向黃蓉笑道：「妹子，你西瓜吃完了麼？老頭兒叫我拿這猢猻給你玩兒。」

黃蓉只道她發傻，不以爲意，順手將紙猴兒接過。傻姑又道：「長頭髮老頭兒叫你別生氣，他一定給你找到師父。」黃蓉聽她說的顯然是周伯通，看紙猴兒時，見紙上寫得有字，急忙拆開，只見上面歪歪斜斜的寫道：「老叫化不見也，老頑童乖乖不得了。」黃蓉急道：「啊喲，怎麼師父會不見了？」

黃藥師沉吟半晌，道：「老頑童雖然瘋瘋顛顛，但功夫了得，只教七公不死，他必能相救。眼下丐幫卻有一件大事。」黃蓉道：「怎麼？」黃藥師道：「老叫化給你的竹棒給楊康那小子拿了去。這小子武功雖不高，卻是個厲害脚色，連歐陽克這等人物也死在他手下。他拿到竹棒，定要興風作浪，爲禍丐幫。咱們須得趕去奪回，否則老叫化的徒子徒孫要吃大虧。你這幫主做來也不光采。」丐幫有難，黃藥師本來絲毫不放在心上，反而幸災樂禍，大可瞧瞧熱鬧，但愛女既作了丐幫幫主，又怎能袖手？

六怪都連連點頭。郭靖道：「只是他已走了多日，只怕難以趕上。」韓寶駒道：「你的小紅馬在此，正好用得著。」郭靖大喜，奔出門去作哨相呼。紅馬見到主人，奔騰跳躍，在他身上挨來擦去，歡嘶不已。

黃藥師道：「蓉兒，你與靖兒趕去奪竹棒，這紅馬腳程極快，諒來追得上。」說到這裏，見傻姑在一旁獃笑，神情極似自己的弟子曲靈風，心念一動，問道：「你可是姓曲？」傻姑搖頭笑道：「我不知道。」黃藥師早知弟子曲靈風生有一女，算來年紀也正相若。

黃蓉道：「爹，你來瞧！」牽了他手，走進密室之中。

黃藥師見密室的間隔佈置全是自己獨創的格局，心知必是曲靈風所爲。黃蓉道：「爹，來瞧這鐵箱中的東西。你若猜得到是些甚麼，算你本事大。」黃藥師卻不理鐵箱，走到西南角牆腳邊一掀，牆上便露出一個窟窿。他伸手進去，摸出一捲紙來，當即躍出密室。黃蓉急忙隨出，走到父親身後，瞧他手中展開的那捲紙。但見紙上滿是塵土，邊角焦黃破碎，上面歪歪斜斜的寫著幾行字跡道：

「敬稟桃花島黃島主尊前：弟子從皇宮之中，取得若干字畫器皿，欲奉島主賞鑒。弟子敬稱島主，不敢擅呼恩師，然弟子雖睡夢之中，亦呼恩師也。弟子不幸遭宮中侍衛圍攻，遺下一女……」

字跡寫到「女」字，底下就沒字了，只餘一些斑斑點點的痕跡，隱約可瞧出是鮮血所污。黃蓉出生時桃花島諸弟子都已遭逐出門，曲靈風遭逐更早，但知父親門下個個都是極厲害的人物，此時見了曲靈風的遺稟，不禁憮然。

黃藥師這時已了然於胸，知道曲靈風給逐出師門，苦心焦慮的要重歸桃花島門下，想起自己喜愛珍寶古玩、名畫法帖，於是冒險到大內偷盜，得手數次，終於爲皇宮的護衛發覺，鬥之後身受重傷，回家寫了這通遺稟，必是受傷太重，難以卒辭，不久大內高手追上門來，雙雙畢命於此。

他上次見到陸乘風時已然後悔，此時梅超風新死，見曲靈風又用心如此，心下更是內疚，轉頭見到傻姑笑嘻嘻的站在身後，想起一事，厲聲問道：「你爹爹教了你打拳麼？」傻姑搖搖頭，奔到門邊，掩上大門，偷偷在門縫中張了張，打幾招拳腳，可是打來打去，也只是那六七招不成章法的「碧波掌法」，別的再也沒有了。黃蓉道：「爹，她是在曲師哥練功夫時自己偷看了學的。」黃藥師點頭道：「嗯，我想靈風也沒這般大膽，出我門後，還敢將本門功夫傳人。」說道：「蓉兒，你去攻她下盤，鉤倒她。」

黃蓉笑嘻嘻的上前，說道：「傻姑，我跟你練練功夫，小心啦！」左掌虛晃，隨即連踢兩腿，鴛鴦連環，快速無倫。傻姑一呆，右胯已為黃蓉左足踢中，急忙後退，那知黃蓉右腿早已候在她身後，待她一步退出尚未站穩，乘勢一鉤，傻姑仰天摔倒。她立即躍起，大叫：「你使奸，小妹子，咱們再來過。」

黃藥師臉一沉道：「甚麼小妹子，叫姑姑！」傻姑也不懂妹子和姑姑的分別，順口道：「姑姑，哈哈，姑姑！」黃蓉已然明白：「原來爹爹是要試她下盤功夫。曲師哥雙腿折斷，自己練武自然不練腿腳武功，傻姑也就偷看不到腿上功夫，倘若親口教她，那麼上盤、中盤、下盤的功夫都會教到了。」

這句「姑姑」一叫，黃藥師算是將傻姑收歸了門下。他又問：「你幹麼發傻啦？」傻姑笑道：「我是傻姑。」黃藥師皺眉道：「你媽呢？」傻姑裝個哭臉，道：「回姥姥家啦！」黃藥師連問七八句，都不得要領，嘆了一口氣，只索罷了，當曲靈風尙在門下之時，便知他有個小女兒，傻傻地不大聰明，自就是她了。

衆人當下將梅超風在後園葬了。郭靖與黃蓉搬出曲靈風的骸骨，葬在梅超風之旁。六怪雖與黑風雙煞是死仇，但人死爲大，也都在墳前叩頭祝告，消解前仇。黃藥師瞧著兩座新墳，百感交集，隔了半晌，淒然道：「蓉兒，咱們瞧瞧你曲師哥的寶貝去！」父女倆又走進密室。

黃藥師望著曲靈風的遺物，呆了半天，垂下淚來，說道：「我門下諸弟子中，以靈風武功最強，人也最聰明，若不是他雙腿斷了，便一百名大內護衛也傷他不得。」黃蓉道：「這個自然，爹，你要親自教傻姑武藝麼？」黃藥師道：「嗯，我要教她武藝，還要教她做詩彈琴，教她奇門五行，你曲師哥當年想學而沒學到的功夫，我要一古腦兒教她。」黃蓉伸了伸舌頭，心想：「爹爹邪人邪想，這番苦頭可要吃得大了。」

黃藥師打開鐵箱，一層層的看下去，寶物愈珍奇，心中愈傷痛，待看到一軸軸的書畫時，嘆道：「這些物事用以怡情遣性固然甚好，玩物喪志卻不可。徽宗道君皇帝的花鳥人物畫得何等精妙，他卻把一座錦繡江山畫好了捲起來送給金人。」一面說，一面舒捲卷軸，忽然「咦」的一聲，黃蓉道：「爹，甚麼？」黃藥師指著一幅潑墨山水，道：「你瞧！」

畫中是一座陡峭突兀的高山，共五座山峯，中間一峯尤高，筆立指天，聳入雲表，下臨深壑，山側生著一排松樹，松梢積雪，樹身盡皆向南彎曲，想見北風極烈。峯西獨有一棵老松，卻挺然直起，巍巍秀拔，松樹下朱筆畫著一個迎風舞劍的將軍。這人面目難見，但衣袂飄舉，姿形脫俗。全幅畫都是水墨山水，獨有此人殷紅如火，更加顯得卓犖不羣。那畫並無書款，只題著一首詩云：「經年塵土滿征衣，特特尋芳上翠微，好山好水看不足，馬蹄催趁月明歸。」

黃蓉前數日在臨安翠微亭中見過韓世忠所書的這首詩，認得筆跡，叫道：「爹，這是韓世忠寫的，詩是岳武穆的。」黃藥師點頭道：「不錯，我的蓉兒好聰明。只岳武穆這首詩本來寫的是池州翠微山，畫中這座山卻形勢險惡，並非翠微。這畫風骨雖佳，但少了含蘊韻致，不是名家手筆。」

黃蓉那日見郭靖在翠微亭中用手指順著石刻撫寫韓世忠書跡，留戀不去，知他喜愛，道：「爹，這幅畫給了郭靖罷。」黃藥師笑道：「女生外向，那還有甚麼說的？」順手交了給她，又在鐵箱上順手拿起一串珍珠，道：「這串珠兒顆顆一般兒大，當眞難得。」給女兒掛在頸中，黃蓉投身入懷，黃藥師伸手摟住了她。父女相視一笑，臉頰倚偎，均感溫馨無限。黃蓉將畫捲好，忽聽空中數聲鵰鳴，叫聲峻急。

黃蓉極愛那對白鵰，想起已給華箏收回，甚爲不快，忙奔出密室，欲再調弄一番，只見郭靖站在門外大柳樹下，一頭鵰兒啄住了他肩頭衣服向外拉扯，另一頭繞著他不住鳴叫，傻姑看得有趣，繞著郭靖團團而轉，拍手嘻笑。

郭靖神色驚惶，說道：「蓉兒，他們有難，咱們快去相救。」黃蓉道：「誰啊？」郭靖道：「我的義兄、義妹。」黃蓉小嘴一撇道：「我才不去呢！」郭靖一呆，不明她心意，急道：「蓉兒別孩子氣，快去啊！」牽過紅馬，翻身上鞍。黃蓉道：「那麼你還要我不要？」郭靖更摸不著頭腦，道：「我怎能不要你？我可以不要自己性命，卻不能沒有你。」左手勒韁，右手伸出接她。黃蓉嫣然一笑，叫道：「爹，我們去救人，你和六位師父也來罷。」一飛身而起，左手拉著郭靖右手，借勢上了馬背，坐在他身前。

郭靖在馬上向黃藥師與六位師父躬身行禮，縱馬前行。雙鵰齊聲長鳴，在前領路。

小紅馬與主人睽別甚久，此時重得馱主，說不出的歡喜，抖擻精神，奔跑得直如風馳電掣一般，雙鵰飛行雖速，小紅馬竟也追隨得上。過不多時，那對白鵰向前面黑壓壓的一座樹林中落了下去。小紅馬不待主人指引，也直向樹林奔去。

來到林外，忽聽一個破鈸般的聲音從林中傳出：「千仞兄，久聞你鐵掌老英雄的威名，兄弟甚盼瞻仰你的絕藝神功，可惜當年華山論劍，老兄未能參與。現下拋磚引玉，兄弟先用微末功夫結果一個，再請老兄施展鐵掌雄風如何？」接著聽得一人高聲慘叫，林頂樹梢晃動，一棵大樹倒了下來，郭靖大吃一驚，下馬搶進林去。

黃蓉跟著下馬，拍拍小紅馬的頭，說道：「快去接我爹爹來。」回身向來處指點，小紅馬轉身飛馳而去。黃蓉心想：「只盼爹爹快來，否則我們又要吃老毒物的虧。」隱身樹後，悄悄走進林中。一瞧之下，不由得呆了，只見拖雷、華箏、哲別、博爾忽四人分別給綁在四棵大樹之上，歐陽鋒與裘千仞站在樹前。另一棵倒下的樹上也縛著一人，身上衣甲鮮明，卻是護送拖雷北歸的那個大宋將軍，他給歐陽鋒這裂石斷樹的掌力一推，身前一大攤鮮血，垂頭閉目，早已斃命。衆兵丁影蹤不見，想來已為兩人趕散。

裘千仞如何敢與歐陽鋒比賽掌力，正待想說幾句話來混矇過去，聽得身後腳步聲響，轉身見是郭靖，不覺又驚又喜，心想正好借西毒之手除他，只須引得他二人鬥上了，自己便不用出手。歐陽鋒見郭靖中了自己蛤蟆功勁力竟然未死，也大出意外。華箏歡聲大叫：「郭靖哥哥，你沒死，好極了，好極了！」

黃蓉看了眼前情勢，心下計議已定：「且當遷延時刻，待爹爹過來。」

郭靖喝道：「兩個老賊，你們在這裏幹甚麼？又想害人麼？」歐陽鋒有心要瞧明白裘千仞的功夫，微笑不語。

裘千仞喝道：「小子，見了歐陽先生還不下拜，你活得不耐煩了麼？」郭靖在密室中聽得他胡言亂道，挑撥是非，此時又要害人，心中恨極，踏上兩步，呼的一聲，一招「亢龍有悔」當胸擊去。他這降龍十八掌功夫此時已非同小可，這一掌四分發，六分收，勁道去而復回。裘千仞忙側過身子，想閃避來勢，但仍爲他掌風帶到，不由自主的不向後退，反而前跌。郭靖「嘿」的一聲，左掌反手一個巴掌，要打得他牙落舌斷，以後再不能逞口舌之利，興風作浪。

這一掌勁力雖強，去得卻慢，但部位恰到好處，正教裘千仞無可閃避，眼見就要擊到他面頰，忽聽黃蓉叫道：「慢著！」郭靖左手當即變掌爲抓，一把抓住裘千仞後頸，將他身子提起，轉頭問道：「怎麼？」

黃蓉生怕郭靖傷了這老兒，歐陽鋒立時就要出手，說道：「快放手，這位老先生臉皮上的功夫異常厲害，你這一掌打上他臉皮，勁力反擊出來，你非受內傷不可。」郭靖不知她是出言譏嘲，不信道：「那有這等事？」黃蓉又道：「裘老先生吹一口氣能揭去黃牛一層皮，你還不讓開？」郭靖更加不信，但知她必有用意，於是放下他身子，鬆手離頸。

裘千仞哈哈大笑，道：「還是小姑娘知道厲害，我跟你們小娃娃無冤無仇，上天有好生之德，我做長輩的豈能以大欺小，隨便傷你。」黃蓉笑道：「那也說得是。老先生的功夫我仰慕得緊，今日要領教高招，你可不許傷我。」說著立個門戶，左手上揚，右掌虛捲，放在口邊吹了幾下，笑道：「接招，這招叫做『大吹法螺』！」裘千仞道：「小姑娘好大膽子，歐陽先生名滿天下，豈能容你譏笑？」黃蓉右手反撒出去，噠的一聲，清清脆脆打了他個耳光，笑道：「這招叫做『反打厚臉皮』！」

只聽得林子外一人笑道：「好，順手再來一記！」黃蓉聞聲知道父親已到，膽氣頓壯，答應了一聲，右掌果然順拍。裘千仞急忙低頭避讓，那知她這招卻是虛招，掌出即收，左掌隨到。他以通臂六合掌法橫伸欲格，料不到對方仍是虛打，但見她兩隻小小手掌猶如兩隻玉蝶，在眼前上下翻飛，一個疏忽，右頰又吃了個耳括子。

裘千仞知道再打下去勢必不可收拾，呼呼衝出兩拳，將黃蓉逼得退後兩步，隨即向旁躍開，叫道：「且慢！」黃蓉笑道：「怎麼？夠了嗎？」裘千仞正色道：「姑娘，你身上已受內傷，快回去靜室中休養七七四十九日，不可見風，否則小命不保。」黃蓉見他說得鄭重，不免一呆，隨即格格而笑，身似花枝亂顫。

此時黃藥師和江南六怪都已趕到，見拖雷等給綁在樹上，都感奇怪。

歐陽鋒素聞裘千仞武功了得，當年曾以一雙鐵掌，打得威震天南的衡山派眾武師死傷枕藉，衡山派就此一蹶不振，不能再在武林中佔一席地，怎麼他今日連黃蓉這樣一個小女孩兒也打不過，難道他眞的臉上也有內功，以反激之力傷了對方？不但此事聞所未聞，看來情勢也是不像，正自遲疑，一抬頭，猛見黃藥師肩頭斜掛蜀錦文囊，囊上用白絲線繡著一隻駱駝，正是自己姪兒之物，不由得心中一凜。他殺了譚處端與梅超風後去而復回，正是來接姪兒，心想：「難道黃藥師竟殺了這孩子爲他徒兒報仇？」顫聲問道：「我姪兒怎樣啦？」

黃藥師冷冷的道：「我徒兒梅超風怎樣啦，你姪兒也就怎樣啦。」

歐陽鋒身子冷了半截。歐陽克是他與嫂子私通而生，名是姪兒，其實卻是他親子。他對這私生兒子愛若性命，心知黃藥師及全眞諸道雖與自己結了深仇，但這些人都是江湖上成名的豪傑，歐陽克雙腿動彈不得，他們決不致跟他爲難，只待這些人一散，就接他去清靜之地養傷，那知竟已遭了毒手。

黃藥師見他站在當地，雙目直視，立時就要暴起動手，知道這一發難，當如排山倒海，勢不可當，暗暗戒備。歐陽鋒嘶聲問道：「是誰害的？是你門下還是全眞門下？」他知黃藥師身分甚高，決不會親手去殺一個雙足斷折之人，必是命旁人下手。他聲音本極難聽，這時更加鏗鏗刺耳。黃藥師冷冷的道：「這小子學過全眞派武功，也學過桃花島的一些功夫，跟你是老相識。你去找他罷。」

黃藥師說的本是楊康，但歐陽鋒念頭一轉，卻立時想到郭靖。他心中悲憤之極，向郭靖惡狠狠的瞪視片刻，隨即轉頭問黃藥師道：「你拿著我姪兒的文囊幹甚麼？」黃藥師道：「桃花島的總圖在他身邊，我總得取回啊。我破土尋圖，累得令姪入土之後再見天日，那倒有些兒抱憾。只可惜文囊在他身上，囊中那張總圖卻不見了，黃老邪還得費心追尋。你姪兒的遺體，我們仍好好安葬了，決不敢有絲毫損傷。」歐陽鋒道：「好說，好說。」自知與黃藥師非拆到一二千招後難分勝負，而且自己也未必能佔上風，好在九陰眞經已經到手，報仇倒也並非急在一朝，但若裘千仞能打倒江南六怪與郭靖、黃蓉，然後來相助自己，二人聯手，當場就可要了黃藥師的性命。在這驚聞親子被殺噩耗之際，他仍能冷靜審察敵我情勢，算來贏面甚高，便不肯錯過了良機，回頭向裘千仞道：「千仞兄，你宰這八人，我來對付黃老邪。」

裘千仞大蒲扇輕揮幾揮，笑道：「那也好，我宰了八人，再來助你。」歐陽鋒道：「正是。」說了這兩個字後，雙目盯住黃藥師，慢慢蹲下身子。黃藥師兩足不丁不八，踏著東方乙木之位，兩人立時要以上乘武功，決強弱，判生死。

黃蓉笑道：「你先宰我罷。」裘千仞搖頭道：「小姑娘活潑可愛，我可有點兒下不了手，啊喲，糟糕，糟糕，這會兒當眞不湊巧！」說著雙手捧住肚子彎下了腰。黃蓉奇道：「怎麼？」裘千仞苦著臉道：「你等一回兒，我忽然肚子痛，要出恭！」黃蓉啐了一口，一時不知如何接口。裘千仞又是「啊喲」一聲，愁眉苦臉，雙手揑著褲子，向旁跑去，腳步蹣跚，瞧情形是突然肚痛，一個忍不住，倒是拉了一褲子的屎。黃蓉一呆，心知他八成是假，可是卻也怕他當眞腹瀉，眼睜睜的讓他跑開，不敢攔阻。

朱聰從衣囊內取出一張草紙，飛步趕上，在他肩頭一拍，笑道：「給你草紙。」裘千仞道：「多謝。」走到樹邊草叢中蹲下身子。

黃蓉揀起一塊石子向他後心擲去，叫道：「走遠些！」石子剛要打到他背心，裘千仞回手接住，笑道：「姑娘怕臭罷？我走得遠些就是。你們八個人等著我，可不許乘機溜走。」說著提了褲子，又遠遠走出十餘丈，在一排矮樹叢後蹲下身來。

黃蓉道：「二師父，這老賊要逃。」朱聰點頭道：「這老賊臉皮雖厚，腳底下卻慢，只怕逃不了。這兩樣物事給你玩罷。」黃蓉見他手中拿了一柄利劍，還有一隻鐵鑄的手掌，知道是他適才在裘千仞肩上一拍之時從這老兒懷裏扒來的。她在密室中曾見裘千仞向全眞七子玩利劍入腹的勾當，當時明知是假，卻猜不透其中機關，這時見了那三截能夠伸縮環套的劍刃，直笑得打跌，有心要擾亂歐陽鋒心思，走到他面前，笑道：「歐陽伯伯，我可不想活啦！」右手一揚，猛將利劍插入腹中。

黃藥師和歐陽鋒正蓄勢待發，見她如此都吃了一驚。黃蓉隨即舉起劍刃，將三截劍鋒套進拉出的把玩，笑著將裘千仞的把戲對父親說了。

歐陽鋒心道：「難道這老兒眞是浪得虛名，一輩子欺世盜名？」黃藥師見他慢慢站直身子，已猜中他心思，從女兒手中接過那鐵鑄的手掌，見掌心刻著一個「裘」字，掌背刻著一片水紋，說道：「這是湘中鐵掌幫幫主裘千仞的令牌。二十年前這令牌在江湖上眞有莫大威勢，不論是誰拿在手中，東至九江，西至成都，任憑通行無阻，黑白兩道，見之盡皆凜遵，近年來久已不聞鐵掌幫的名頭，也不知是散了還是怎的，難道這令牌的主人，竟是個大言無恥的糟老頭兒麼？」心下沉吟，將鐵掌還給女兒。

歐陽鋒見了鐵掌，側目凝視，臉上也大有詫異之色。

黃蓉笑道：「這鐵手掌倒好玩，我要了他的，騙人的傢伙卻用不著。」舉起那三截鐵劍叫道：「接著！」揚手欲擲，但見與裘千仞相距甚遠，自己手勁不夠，定然擲不到，交給父親，笑道：「爹，你扔給他！」

黃藥師起了疑心，正要再試試裘千仞到底是否有眞功夫，舉起左掌，將那鐵劍平放掌上，劍尖向外，右手中指往劍柄上彈去，錚的一聲輕響，鐵劍激射而出，比強弓所發的硬弩還要勁急。黃蓉與郭靖拍手叫好。歐陽鋒暗暗心驚：「好厲害的彈指神通功夫！」

衆人轟叫聲中，那劍直向裘千仞後心飛去，眼見劍尖離他背脊僅餘數尺，他仍蹲在地下不動，一瞬眼間，劍鋒已插入他背心。這劍雖並不鋒利，但黃藥師一彈之下，三截劍直沒至柄，別說是鐵劍，縱然是木刀竹刃，這老兒不死也必重傷。

郭靖飛步過去察看，忽然大叫：「啊喲！」提起地下一件黃葛短衣，在空中連連揮動，叫道：「老兒早就溜啦。」

原來裘千仞脫下短衣，罩在一株矮樹之上，他與衆人相距既遠，又有草木掩映，這金蟬脫殼之計竟然得售，黃藥師、歐陽鋒適才凝視對敵，目不旁視，朱聰等也都注視著二人，竟給裘千仞瞞過。東邪西毒對望一眼，忍不住同時哈哈大笑，均覺世上少了個勁敵，心下都感輕快。

歐陽鋒知道黃藥師心思機敏，不似洪七公之坦率，向他暗算不易成功，但見他笑得舒暢，毫不戒備，有此可乘之機，如何不下毒手？只聽得猶似金鐵交鳴，鏗鏗三聲，他笑聲忽止，斗然間快似閃電般向黃藥師一揖到地。黃藥師仍仰天長笑，左掌陡立，右手鉤握，抱拳還禮，兩人身子都微微一晃。歐陽鋒突擊不中，身形不動，猛地倒退三步，叫道：「黃老邪，後會有期。」長袖上振，衣袂飄起，轉身欲走。

黃藥師臉色微變，左掌推出，擋在女兒身前。郭靖也已瞧出西毒這一轉身之間暗施陰狠功夫，要以劈空掌之類手法襲擊黃蓉。他見機出招均不如黃藥師之快，眼見危險，已不及相救，大喝一聲，雙拳向西毒胸口直搥過去，要逼他還掌自解，襲擊黃蓉這一招勁力就不致使足了。

歐陽鋒的去勁爲黃藥師一擋，立時乘勢收回，反打郭靖。這一招除了他本身原勁，還借著黃藥師那一擋之力，更加強勁。郭靖危急中就地滾開，躍起身來，已驚得臉色慘白。歐陽鋒罵道：「好小子，數日不見，功夫又有進境了。」他剛才這招反打，借用敵勁傷人，變化莫測，快速無倫，竟爲郭靖躲開，卻也大出他意料之外。

江南六怪見雙方動上了手，圍成半圈，攔在歐陽鋒身後。歐陽鋒毫不理會，大踏步向前直闖。全金發和韓小瑩不敢阻擋，向旁讓開，眼睜睜瞧著他出林而去。

黃藥師若要在此時爲梅超風報仇，集衆人之力，自可圍殲西毒，但他生性高傲，不願給人說一聲以衆暴寡，寧可將來單獨再去找他，望著歐陽鋒的背影，只是冷笑。

郭靖與全金發等將華箏、拖雷、哲別、博爾忽的綁縛解去。華箏等見郭靖未死，早已喜出望外，大罵楊康造謠騙人。拖雷道：「那姓楊的說有事須得趕去岳州，我只道他是好人，白白送了他三匹駿馬。」

原來拖雷、華箏等聽說郭靖慘亡，心中悲傷，聽楊康口口聲聲說要爲義兄報仇，與他言談投機。那晚在臨安之北一個小鎭客店中共宿，楊康便欲去刺死拖雷，不料胖瘦二丐見他拿著幫主法杖，對他保護周至，在窗外輪流守夜。楊康數次欲待動手，卻不是見到胖丐，就是瘦丐，拿著兵刃在院子中來回巡視。他候了一夜，始終不得其便，只索罷了，次日向拖雷騙了三匹良馬，與二丐連騎西去。

拖雷等自不知他們昨夜裏險些死於非命，正要北上，卻見那對白鵰回頭南飛，候了半日也不見回來，拖雷知道白鵰靈異，南去必有緣由，好在北歸並不急迫，於是在店中等了兩日。到第三日上，雙鵰忽地飛回，對著華箏不住鳴叫，拖雷等一行由雙鵰帶路，重行南回，不巧在樹林中遇見了裘千仞和歐陽鋒二人。

裘千仞奉了大金國使命，要挑撥江南豪傑互相火併，以便金兵南下，正在樹林中向歐陽鋒胡說八道，見拖雷是蒙古使者，立時就與歐陽鋒一齊動手。哲別等縱然神勇，卻那裏是西毒的敵手？雙鵰南飛本來是發現小紅馬的蹤跡，那知反將主人導入禍地，若非及時又將郭靖、黃蓉引來，拖雷、華箏這一行人就此不明不白的喪生於林中了。

這番情由有的是華箏所知，有的她也莫名其妙，她拉著郭靖的手，只咭咭咯咯的說個不已。黃蓉看她與郭靖神情如此親密，已有三分不喜，而她滿口蒙古說話，自己一句不懂，變成了局外人，更加大不耐煩。

黃藥師見女兒神色有異，問道：「蓉兒，這番邦女子是誰？」黃蓉黯然道：「是靖哥哥沒過門的媳婦。」一聽得此言，黃藥師幾乎不信自己耳朵，追問一句：「甚麼？」黃蓉低頭道：「爹，你去問他自己。」

朱聰在旁，早知事情不妙，忙上前將郭靖在蒙古先已與華箏定親等情委婉的說了。

黃藥師怒不可抑，側目向郭靖斜睨，冷冷的道：「原來他到桃花島來求親之前，已先在蒙古定下了親事？」朱聰道：「咱們總得想個……想個兩全其美的法子。」黃藥師厲聲道：「蓉兒，爹要做一件事，你可不能阻攔。」黃蓉顫聲問道：「爹，甚麼啊？」

黃藥師道：「臭小子，賤女人，兩個一起宰了！我父女倆焉能任人欺辱？」黃蓉搶上一步，拉住父親右手，道：「爹，靖哥哥說他的的確確眞心愛我，從來就沒把這番邦女子放在心上。」黃藥師哼了一聲，道：「那也罷了！」喝道：「喂，小子，你快把這番邦女子殺了，表明自己心跡。」

郭靖一生中從未遇過如此爲難之事，他心思本就遲鈍，這時聽了黃藥師之言，茫然失措，呆呆站在當地，不知如何是好。黃藥師冷冷的道：「你先已定了親，卻又來向我求婚，這話怎生說？」江南六怪見他臉色鐵青，知他反掌之間，郭靖立時有殺身大禍，各自暗暗戒備，只功夫相差太遠，當眞動起手來實無濟於事。

郭靖本就不會打誑，聽了這句問話，老老實實的答道：「我只盼一生和蓉兒廝守，若沒了蓉兒，我定然活不成。」黃藥師臉色稍和，道：「好，你不殺這女子也成，只是從今以後，不許你再和她相見。」

郭靖沉吟未答，黃蓉道：「你一定得和她見面，是不是？」郭靖道：「我向來當她親妹子一般，如不見面，有時我也會記掛她的。」黃蓉嫣然笑道：「你愛見誰就見誰，我可不在乎。我信得過你也不會當眞愛她。難道我會不及她嗎？」

黃藥師道：「好罷！我在這裏，這番邦女子的兄長在這裏，你的六位師父也在這裏。你明明白白的說一聲：你要娶的是我女兒，不是這番邦女子！」他如此一再遷就，實已大違本性，只是瞧在愛女面上，極力克制忍耐，而梅超風護師身亡，也令他一時心腸軟了。

郭靖低頭沉思，瞥眼同時見到腰間所插成吉思汗所賜金刀和丘處機所贈的短劍，心想：「若依爹爹遺命，我和楊康該是生死不渝的好兄弟，可是他爲人如此，這結義之情如何可保？又依楊鐵心叔父遺命，我該娶穆家妹子爲妻，這自然不行。可見尊長爲我規定之事，未必定須遵行。我和華箏妹子的婚事，是成吉思汗所定，豈難道爲了旁人的幾句話，我就得和蓉兒生生分離麼？」想到此處，心意已決，抬起頭來。

此時拖雷已向朱聰問明了黃藥師與郭靖對答的言語，見郭靖躊躇沉思，好生爲難，知他對自己妹子實無情意，滿腔忿怒，從箭壺中抽出一枝狼牙鵰翎，雙手持定，朗聲說道：「郭靖安答，男子漢縱橫天下，行事一言而決！你既對我妹子無情，成吉思汗的英雄兒女豈能向你求懇？你我兄弟之義，請從此絕！我二人幼時是生死之交，你又救過爹爹和我的性命，咱們恩怨分明，你母親在北，我自當好生奉養。你如要迎她南來，我也必派人護送，決不致有半點欠缺。大丈夫言出如山，你放心好了。」說罷啪的一聲，將一枝長箭折爲兩截，投在馬前。

這番話說得斬釘截鐵，郭靖心中一凜，登時想起幼時與他在大漠上所幹的種種豪事，心道：「他說得是：大丈夫言出如山。華箏妹子這頭親事是我親口答允，言而無信，何以爲人？縱然黃島主今日要殺我，蓉兒恨我一世，那也顧不得了。」當下昂然說道：「黃島主，六位恩師，拖雷安答和哲別、博爾忽兩位師父，郭靖並非無信無義之輩，我須得和華箏妹子結親。」

他這話用漢語和蒙古語分別說了一遍，無一人不是大出意料之外。拖雷與華箏等又驚又喜，江南六怪暗讚徒兒是個硬骨頭的好漢子，黃藥師側目冷笑。

黃蓉傷心欲絕，隔了半晌，走上幾步，細細打量華箏，見她身子健壯，劍眉大眼，滿臉英氣，不由得嘆了口長氣，說道：「靖哥哥，我懂啦，她跟你是一路人。你們倆是大漠上的一對白鵰，我只是江南柳枝底下的一隻小燕兒罷啦。」

郭靖走上幾步，握住她雙手，說道：「蓉兒，我不知道你說得對不對，我心中卻只有你，你是明白的。不管旁人說該是不該，就算把我身子燒成了飛灰，我心中仍然只有你一個人。」黃蓉眼中含淚，道：「那麼爲甚麼你說要娶她？」郭靖道：「我是個蠢人，甚麼事理都不明白。我只知道答允過的話，決不能反悔。可是我也不打誑，不管怎樣，我心中就只有你一個。我寧可死了，也決不能跟你分開。」

黃蓉心中迷茫，又歡喜，又難過，隔了一會，淡淡一笑，說道：「靖哥哥，早知如此，咱們在那明霞島上不回來了，豈不是好？」

黃藥師忽地長眉一豎，喝道：「這個容易。」袍袖一揚，揮掌向華箏劈去。

黃蓉素知老父心意，見他眼露冷光，已知起了殺機，在他手掌拍出之前，搶著攔在頭裏。黃藥師怕傷了愛女，掌勢一停，黃蓉已拉住華箏手臂，將她扯下馬來。只聽砰的一聲，黃藥師這掌打上馬鞍。最初那馬並無異狀，但漸漸垂下頭來，四腿彎曲，縮成一團，癱在地上，竟自死了。這是蒙古名種健馬，雖不及汗血寶馬神駿，卻也是匹筋骨健壯、身高膘肥的良駒，黃藥師一舉手就將之斃於掌下，武功之高，實所罕見。拖雷與朱聰等都心中怦怦亂跳，心想這一掌倘若打到華箏身上，那還有命麼？

黃藥師想不到女兒竟會出手相救華箏，一楞之下，隨即會意，自己若將這番邦女子殺了，郭靖必與女兒翻臉成仇。哼，翻臉就翻臉，難道還怕了這小子不成？但一望女兒，但見她神色悽苦，卻又顯然是纏綿萬狀、難分難捨之情，心中不禁一寒，這正是他妻子臨死之時臉上的模樣。黃蓉與亡母容貌本極相似，這副情狀當時曾使黃藥師如痴如狂，雖時隔十五年，每日仍如在目前，現下斗然間在女兒臉上出現，知她對郭靖已情根深種，愛之入骨，心想這正是她父母天生任性痴情的性兒，無可化解，嘆了一口長氣，吟道：「且夫天地為爐兮，造化為工！陰陽為炭兮，萬物為銅！」

黃蓉怔怔站著，淚珠兒緩緩的流了下來。

韓寶駒一拉朱聰的衣襟，低聲道：「他唱些甚麼？」朱聰也低聲道：「這是漢朝一個姓賈的人做的文章，說人與萬物在這世上，就如放在一隻大爐子中受熬煉那麼苦惱。」韓寶駒啐道：「他練到那麼大的本事，還有甚麼苦惱？」朱聰搖頭不答。

黃藥師柔聲道：「蓉兒，咱們回去罷，以後永遠也不見這小子啦。」黃蓉道：「不，爹，我還得到岳州去，師父叫我去做丐幫的幫主呢。」黃藥師微微一笑，道：「做叫化的頭兒，囉唆得緊，也沒甚麼好玩。」黃蓉道：「我答允了師父做的。」黃藥師嘆道：「那就做幾天試試，當眞嫌髒，就立即傳給別個罷。你以後還見這小子不見？」

黃蓉向郭靖望了一眼，見他凝視著自己，目光愛憐橫溢，深情無限，回頭向父親道：「爹，他要娶別人，那我也嫁別人。他心中只有我一個，那我心中也只有他一個。」黃藥師道：「哈，桃花島的女兒不能吃虧，那倒也不錯。要是你嫁的人不許你跟他好呢？」黃蓉道：「哼，誰敢攔我？我是你的女兒啊。」黃藥師道：「傻丫頭，爹過不了幾年就要死啦。」黃蓉泫然道：「爹，他這樣待我，難道我能活得久長麼？」黃藥師道：「那你還跟這無情無義的小子在一起？」黃蓉道：「我跟他多躭一天，便多一天歡喜。」說這話時，神情已淒惋欲絕。

父女倆這樣一問一答，江南六怪雖生性怪僻，卻也不由聽得呆了。有宋一代，最講究禮教之防，黃藥師卻是個非湯武而薄周孔的人，行事偏要和世俗相反，才讓衆人送了個稱號叫作「東邪」。黃蓉自幼受父親薰陶，心想夫婦自夫婦，情愛自情愛，小小腦筋之中，那裏有過甚麼貞操節烈的念頭？這番驚世駭俗的說話，旁人聽來自不免撟舌難下，可是他父女倆說得最是自然不過，宛如家常閒話一般。柯鎮惡等縱然豁達，也不禁暗暗搖頭。

郭靖心中難受之極，要想說幾句話安慰黃蓉，可是他本就木訥，這時更是不知說甚麼好。黃藥師望望女兒，又望望郭靖，仰天一聲長嘯，聲振林梢，山谷響應，驚起一羣喜鵲，繞林而飛。黃蓉叫道：「鵲兒鵲兒，今晚牛郎會織女，還不快造橋去！」黃藥師在地下抓起一把沙石，飛擲而出，十餘隻喜鵲紛紛跌落，盡數死在地下。黃藥師朗聲道：「情深愛重，盡皆虛妄，造甚麼橋？早早死了乾淨！」轉過身子，飄然而去，衆人只一瞬眼間，他青袍的背影已在林木後隱沒。

拖雷不懂他們說些甚麼，只知郭靖不肯背棄舊約，自是歡喜，說道：「安答，盼你大事早成，北歸相見。」華箏道：「這對白鵰你帶在身邊，你要早日回來。」郭靖點了點頭，說道：「你對我媽說，我必當手刃仇人，爲爹爹報仇。」哲別、博爾忽二人也和郭靖別過，四人連騎出林。

韓小瑩問郭靖道：「你打算怎地？」郭靖道：「我……我打算先去找洪師父。」柯鎮惡點頭道：「正是。黃島主去過我們家裏，家人必定甚是記掛。我們這就要回去。你見到了洪幫主，可請他老人家到嘉興來養傷。我們給他守門把關，包你穩當。」郭靖答應了，拜別六位師父，與黃蓉返回臨安。

這晚兩人重入大內，在御廚周圍仔細尋找，卻那裏有洪七公的影子，兩人找到了幾名太監來逼問，都說這幾日宮中並沒出現奸細刺客。兩人稍覺放心，料想洪七公武功雖失，但以他大高手的機智閱歷，必有脫身之策，此時距丐幫大會之期已近，不能再有躭擱，次日清晨便即連騎西行。

此時中國之半已爲金人所佔，東劃淮水，西以散關爲界，南宋所存者只兩浙東西路、兩淮、江南東西路、荆湖南北路、京西南路、巴蜀五路、福建、廣南東西路，共十七路而已，國勢衰靡，版圖日蹙。這一日兩人來到江南西路界內，上了一條長嶺，突然間一陣涼風過去，東邊一大片烏雲疾飛過來。這時正當盛夏，大雨說來就來，烏雲未到頭頂，轟隆隆一個霹靂，雨點已如黃豆般洒將下來。

郭靖撐起雨傘，去遮黃蓉頭頂，那知一陣狂風撲到，將傘頂撕了去，遠遠飛出，郭靖手中只剩光禿禿的一根傘柄。黃蓉哈哈大笑，說道：「你怎麼也拿起打狗棒來啦？」郭靖跟著大笑。眼見面前一條長嶺，極目並無可以避雨之處，郭靖除下外衫，要給黃蓉遮雨。黃蓉笑道：「多遮得片刻，便也濕了。」郭靖道：「那麼咱們快跑。」黃蓉搖了搖頭，說道：「靖哥哥，有本書上講到一個故事。一日天下大雨，道上行人紛紛飛奔，只有一人卻緩步行走。旁人奇了，問他幹麼不快跑。那人道：『前面也下大雨，跑過去還不是一般的淋濕？』」郭靖笑道：「正是。」黃蓉忽然想起了華箏之事：「前途既已注定了是憂患傷心，不論怎生走法，終究避不了、躲不開，便如是咱們在長嶺上遇雨一般。」當下兩人便在大雨中緩緩行去，直到過了長嶺，才見到一家農家，進去避雨。

兩人衣履盡濕，向農家借了衣服來換，黃蓉穿上一件農家老婦的破衣，正覺有趣，忽聽得隔室郭靖連珠價的叫苦，忙過去問道：「怎麼啦？」

只見他苦著臉，手中拿著黃藥師給他的那幅畫。原來適才大雨之中，這幅畫可教雨水毀了，黃蓉連叫：「可惜！」接過畫來看時，見紙張破損，墨跡模糊，已沒法裝裱修補，正欲放下，忽見韓世忠所題那首詩旁，依稀多了幾行字跡。湊近細看，原來這些字寫在裱畫襯底的夾層紙上，若非畫紙淋濕，決計不會顯現，只雨浸紙碎，字跡已殘缺難辨，但看那字跡排列情狀，認得出一共是四行字。黃蓉仔細辨認，緩緩念道：「⋯⋯穆遺書，⋯⋯鐵掌⋯⋯，中⋯⋯峯⋯⋯，第二⋯⋯節。」其餘殘損之字，卻無論如何辨認不出了。

郭靖叫道：「這說的是武穆遺書！」黃蓉道：「確然無疑。完顏洪烈那賊子推算武穆遺書藏在宮中翠寒堂畔，可是石匣雖得，遺書卻無影蹤，看來這四行字是遺書所在的重大關鍵。⋯⋯鐵掌⋯⋯中⋯⋯峯⋯⋯」她沉吟片刻，說道：「那日在歸雲莊中，曾聽陸師哥和你六位師父談論那個騙人傢伙裘千仞，說他是甚麼鐵掌幫幫主。爹爹說鐵掌幫威震川湘，聲勢浩大，著實厲害。難道這武穆遺書，竟跟裘千仞有關？」郭靖搖頭道：

「只要是裘千仞搞的玩意，我就說甚麼也不相信。」黃蓉微笑道：「我也不信。」

七月十四，兩人來到荊湖北路境內，次日午牌不到，已到岳州，問明了路徑，牽馬縱鵰，逕往岳陽樓而來。岳陽樓左近有家酒樓。

二人上得酒樓，叫了酒菜，觀看洞庭湖風景，放眼浩浩蕩蕩，一碧萬頃，四周羣山環列拱屹，縹緲崢嶸，巍乎大觀，比之太湖煙波又是另一番光景。觀賞了一會，酒菜已到，湖南菜肴辣味甚重，二人都覺口味不合，只碗極大，筷極長，卻頗有一番豪氣。

二人吃了些少酒菜，環顧四壁題詠。郭靖默誦范仲淹所作的岳陽樓記，看到「先天下之憂而憂，後天下之樂而樂」兩句時，不禁高聲讀了出來。

黃蓉道：「你覺得這兩句話怎樣？」郭靖默默念誦，心中思索，不即回答。黃蓉又道：「做這篇文章的范文正公，當年威震西夏，文才武略，可說得上並世無雙。」郭靖央她將范仲淹的事蹟說了一些，聽她說到他幼年家貧、父親早死、母親改嫁種種苦況，富貴後處處爲百姓著想，不禁肅然起敬，在飯碗中滿滿斟了一碗酒，仰脖子一飲而盡，說道：「先天下之憂而憂，後天下之樂而樂，大英雄、大豪傑固當如此胸懷！」

黃蓉笑道：「這樣的人固然是好，但天下憂患多、安樂少，他不是一輩子樂不成了麼？我可不幹。」郭靖微微一笑。黃蓉又道：「靖哥哥，我不理天下憂不憂、樂不樂，倘若你不在我身邊，我是永遠不會快樂的。」說到後來，聲音低沉下去，愀然蹙眉。郭靖知她想到了兩人終身之事，無可勸慰，垂首道：「我也不會快樂！」

黃蓉忽然抬起頭來笑道：「算了罷，反正是這麼一回子事，范仲淹做過一首〈剔銀燈〉詞，你聽人唱過麼？」郭靖道：「我自然沒聽過，你說給我聽。」黃蓉道：「這首詩的下半段是這樣：『人世都無百歲。少痴騃，老成尪悴，只有中間，些子少年。忍把浮名，牽繫一品與千金。問白髮，如何迴避？』」跟著將詞意解說了一遍。郭靖道：「他勸人別把大好時光，儘用在求名、升官、發財上面。那也說得很是。」黃蓉低聲吟道：「酒入愁腸，化作相思淚。」郭靖望了她一眼，問道：「這也是范文正公的詞麼？」黃蓉道：「是啊，大英雄、大豪傑，也不是無情之人呢。」

兩人對飲數杯。黃蓉望了望樓中的酒客，見東首一張方桌旁坐著三個中年乞丐，身上補綴雖多，但均甚清潔，看模樣是丐幫中的要緊人物，是來參加今晚丐幫大會的，此外都是尋常仕商。

只聽得樓邊一棵大柳樹上蟬鳴不絕，黃蓉道：「這蟬兒整天不停的大叫『知了，知了』，卻不知它知些甚麼，原來蟲兒中也有大言不慚的傢伙，倒教我想起了一個人，好生記掛於他。」郭靖忙問：「誰啊？」黃蓉笑道：「那位大吹牛皮的鐵掌水上飄裘千仞。」郭靖哈哈大笑道：「這老騙子……」

一言未畢，忽聽酒樓角裏有人陰陽怪氣的說道：「連鐵掌水上飄裘老兒也不瞧在眼裏，好大的口氣！」郭黃二人向聲音來處瞧去，見樓角邊蹲著一個臉色黝黑的中年丐者，衣衫襤褸，望著二人嘻嘻直笑。郭靖見是丐幫人物，當即放心，見他神色和善，便拱手道：「前輩請來共飲三杯如何？」那丐者道：「好啊！」便即過來。黃蓉命酒保添了一副杯筷、斟了一杯酒，笑道：「請坐，喝酒。」

那丐者道：「叫化子不配坐櫈。」就在樓板上坐倒，從背上麻袋裏取出一隻破碗，一雙竹筷，伸出碗去，說道：「你們吃過的殘菜，倒些給我就是。」郭靖道：「這個未免太過不恭，前輩愛吃甚麼菜，我們點了叫廚上做。」那丐者道：「化子有化子的模樣，倘若有名無實，裝腔作勢，乾脆別做化子。你們肯布施就布施，不肯嘛，我到別地方要飯去。」

黃蓉向郭靖望了一眼，笑道：「不錯，你說得是。」便將吃過的殘菜都倒在他的破碗中，那丐者在麻袋中抓出些冷飯團來，和著殘菜津津有味的吃了起來。

黃蓉暗暗數他背上麻袋的數目，三隻一疊，共有三疊，總數是九隻，再看那邊桌旁三個乞丐，每人背上也均有九隻麻袋，但那三丐桌上羅列酒菜，甚是豐盛。那三丐對這丐者視若無睹，始終對他不瞧一眼，惟神色間隱隱有不滿之意。

那丐者吃得起勁，忽聽樓梯腳步聲響，上來數人。郭靖轉頭向樓梯觀看，只見當先二人是在臨安牛家村陪送楊康的胖瘦二丐，第三人一探頭，正是楊康。他猛見郭靖未死，大爲驚怖，一怔之下，立即轉身下樓，在樓梯上不知說了幾句甚麼話。胖丐跟著下去。瘦丐卻走到三丐桌邊，低聲說了幾句話。那三丐當即站起身來，下樓而去。坐在地下的丐者只顧吃飯，全不理會。

黃蓉走到窗口向下觀望，只見十多名乞丐簇擁著楊康向西而去。楊康走出不遠，回首仰視，正好與黃蓉目光相觸，立即回頭，加快腳步去了。

那丐者吃罷飯菜，伸舌頭將碗底舐得乾乾淨淨，把筷子在衣服上抹了幾抹，都放入麻袋之中。黃蓉仔細看他，見他滿臉皺紋，容色愁苦，雙手奇大，幾有常人手掌的一倍，手背上青筋凸起，顯見是一生勞苦。郭靖站起來拱手說道：「前輩請上坐了，咱們好說話。」丐者笑道：「我不慣在櫈上坐。你們兩位是洪幫主的弟子，年紀雖輕，咱們可是平輩。我大著幾歲，你們叫我一聲大哥罷。我姓魯，名叫魯有腳。」

郭黃二人對望一眼，均想：「原來他早知道了我們的來歷。」黃蓉笑道：「魯大哥，你這名兒可有趣得緊。」魯有腳道：「常言道：窮人無棒給犬欺。我棒是沒有，可是有一雙臭腳。犬兒若來欺我，我對準了狗頭，直娘賊的就是一腳，也要叫牠夾著尾巴，落荒而逃。」黃蓉拍手笑道：「好，好！狗兒若知道你大名的意思，老遠就逃啦！」

魯有腳道：「我聽黎生黎兄弟說起，知道兩位在寶應所幹的事蹟，眞是有志不在年高，無志空長百歲。令人甚是欽佩，難怪洪幫主這等看重。」郭靖起立遜謝。魯有腳道：「適才聽兩位談起裘千仞與鐵掌幫，對他的情狀好似不甚知曉。」黃蓉道：「是啊，正要請教。」魯有腳道：「裘千仞是鐵掌幫幫主，這鐵掌幫在荊湖、四川一帶，聲勢極大，幫衆殺人越貨，無惡不作。起先還只勾結官府，現下愈來愈狠，竟拿出錢財賄賂上官，自己做起官府來啦。更可恨的是私通金國，幹那裏應外合的勾當。」

黃蓉道：「裘千仞這老兒就會騙人，怎地弄到恁大聲勢？」魯有腳道：「裘千仞厲害得緊哪，姑娘可別小覷了他。」黃蓉笑道：「你見過他沒有？」魯有腳道：「那倒沒有，聽說他在深山之中隱居，修練鐵掌神功，足足有十多年沒下山了。」黃蓉笑道：「你上當啦，我見過他幾次，還交過手，說到他的甚麼鐵掌神功，哈哈……」她想到裘千仞假裝腹瀉逃走，只瞧著郭靖格格直笑。

魯有腳正色道：「他們鬧甚麼玄虛，我雖不知曉，可是鐵掌幫近年來好生興旺，實在不可輕侮。」郭靖怕他生氣，忙道：「魯大哥說得是，蓉兒就愛瞎笑。」黃蓉笑道：「我幾時瞎笑啦？啊唷，啊唷，我肚子痛。」她學著裘千仞的口氣，捧著肚子。郭靖想起當日情景，給她逗得也不禁笑了出來。

黃蓉見他也笑，卻立時收起笑容，轉過話題，問道：「魯大哥，剛才在這兒吃酒的三位和你相識麼？」魯有腳嘆了口氣道：「兩位不是外人，可曾聽洪幫主說起過，我們幫裏分爲淨衣派、污衣派兩派麼？」郭靖和黃蓉齊聲道：「沒聽師父說過。」魯有腳道：「幫內分派，原非善事，洪幫主對這事極是不喜，他老人家費過極大的精神力氣，卻始終沒能叫這兩派合而爲一。丐幫在洪幫主之下，共有四個長老。」黃蓉搶著道：「這個我倒聽師父說過。」她因洪七公尚在人間，不願提及他命自己接任幫主之事。

魯有腳點了點頭道：「我是西路長老，剛才在這兒的三位也都是長老。」黃蓉道：「我知道啦，你是污衣派的首領，他們是淨衣派的。」郭靖道：「咦，你怎知道？」黃蓉道：「你瞧魯大哥的衣服多髒，他們的衣服好乾淨。魯大哥，我說污衣派不好，穿得又臭又邋遢，一點也不舒服。你們這一派人多洗洗衣服，兩派可就不是一樣了麼？」

魯有腳怒道：「你是有錢人家的小姐，自然嫌叫化子臭。」一頓足站起身來。郭靖待要謝罪，魯有腳頭也不回，怒氣沖沖的下樓去了。

黃蓉伸伸舌頭，道：「靖哥哥，我得罪了這位魯大哥，你別罵我。」郭靖一笑。黃蓉道：「剛才我眞躭心。」郭靖道：「躭心甚麼？」黃蓉正色道：「我只躭心他提起腳來，踢你一腳，你可就糟啦。」郭靖道：「好端端的幹麼踢我？就算你說話得罪了他，那也不用踢人啊。」黃蓉抿嘴微笑，卻不言語。郭靖怔怔的出神，思之不解。

黃蓉嘆道：「你怎麼不想想他名字的出典。」郭靖大悟，叫道：「好啊，你繞彎兒罵我是狗！」站起身來，伸手作勢要呵她癢，黃蓉笑著連連閃避。

注：臺北遠流出版公司兩位負責校訂金庸小説集的小姐十分負責，李佳穎小姐與鄭祥琳小姐一切細節都查核一遍，詩詞句子全與原文對過。她們查核宋金元時全國疆域的地名，第二版中本回我誤書岳州在荊湖南路，因岳陽在今湖南省（不久前我曾上岳陽樓觀洞庭湖），在小説中信手寫下，不去查書。鄭祥琳小姐查到南宋時岳州在荊湖北路，茲據以改正，謹此致謝。

軒轅台

四個年輕乞丐，各執兵刃，守在身邊。黃蓉側過身來，發覺竟是置身於一個山峯之頂，四下裏輕煙薄霧，籠罩著萬頃碧波，十餘丈外有座高台，台周坐著數百名乞丐。

第二十七回　軒轅台前

兩人正鬧間，樓梯聲響，適才隨楊康下去的丐幫三長老又回了上來，走到郭黃二人桌邊，行了一禮。居中那丐白白胖胖，留著一大叢花白鬍子，若非身上千補百綻，宛然便是個大紳士大財主的模樣，他未言先笑，端的是滿臉春風，一團和氣，說道：「適才那姓魯的化子暗中向兩位下了毒手，我等瞧不過眼，特來相救。」

郭靖、黃蓉都吃了一驚，齊問：「甚麼毒手？」那丐道：「那化子不肯與兩位同席飲食，是不是？」黃蓉心中一凜，問道：「難道他在我們飲食中下了毒？」那丐嘆道：「也是我們幫中不幸，出了這等奸詐之人。這化子下毒本事高明得緊，只要手指輕輕一彈，暗藏在指甲內的毒粉就神不知、鬼不覺的混入了酒菜。兩位中毒已深，再過個半個時辰，就沒法解救了。」黃蓉不信，說道：「我兩人跟他無怨無仇，他何以要下此毒手？」那丐道：「多半是兩位言語中得罪了他。急速服此解藥，方可有救。」說著從懷中取出一包藥粉，分置兩隻酒杯之中，用酒沖了，要靖蓉二人立即服下。

黃蓉剛才見楊康和他們做一路，已自起疑，豈肯只憑他三言兩語便貿然服藥？便道：「那位姓楊的相公和我們相識，請三位邀他來一見如何？」那丐道：「那自然是要見的，只是那奸徒所下之毒劇烈異常，兩位速服解藥，否則延誤難治。」黃蓉道：「三位好意，極爲感謝，且坐下共飲幾杯。想當年丐幫喬峯喬幫主在聚賢莊獨戰羣雄，又以降龍廿八掌在少林寺前打得衆魔頭望風遠遁，雁門關前逼迫契丹皇帝折箭爲盟，不敢南侵，眞是何等英雄。」她與洪七公、郭靖同在明霞島紮木筏之時，洪七公常跟她說些幫中舊事，以免她日後做了幫主，於幫中大事一無所知。那喬峯幫主的英雄事蹟，便是那時聽洪七公說的。

丐幫三老聽她忽然說起幫主舊事，都感詫異，心想憑她小小年紀，怎能知曉此事。黃蓉又道：「洪幫主降龍十八掌天下無雙無對，不知三位學到了幾掌？」三丐臉上均現慚色，那降龍十八掌未蒙幫主傳授一掌，反不及八袋弟子黎生倒得傳授一招「神龍擺尾」。黃蓉又道：「剛才那位魯長老雖說擅於下毒，我瞧本事卻也平常。上個月西毒歐陽鋒請我喝了三杯毒酒，那才有點兒門道。這兩杯解毒酒，還是三位自己飲了罷。」說著將兩杯調有藥粉的藥酒推到三丐面前。三丐微微變色，知她故意東拉西扯，不肯服藥。

那財主模樣的長老笑道：「姑娘既有見疑之意，我等自然不便相強，只不過白費了我們的一番好意。我只須點破一事，姑娘自然信服。兩位且瞧我眼光之中，有何異樣？」郭靖、黃蓉一齊望他雙目，只見他一對眼睛嵌在圓鼓鼓一臉肥肉之中，只如兩道細縫，但細縫中瑩然有光，眼神清朗。黃蓉心道：「那有甚麼異樣？左右不過似一對亮晶晶的豬眼罷啦。」那丐又道：「兩位望著我的眼睛，千萬不可分神。現下你們感到眼皮沉重，頭腦發暈，全身疲乏無力，這是中毒之象，那就閉上眼睛睡罷。」

他說話和悅動聽，竟有一股中人欲醉之意，靖蓉二人果覺神倦眼困，全身無力。黃蓉微覺不妥，要想轉頭避開他眼光，可是一雙眼睛竟讓他目光吸住了，不由自主的凝視著他。那丐又道：「此間面臨大湖，甚是涼爽，兩位就在這清風之中酣睡一覺，睡罷，睡罷！舒服得很，靜靜的睡罷！」他話聲越來越柔和好聽。靖蓉二人不知不覺哈欠連連，竟伏在桌上沉沉睡去。

也不知過了多少時候，二人迷迷糊糊中只感涼風吹拂，身有寒意，耳中隱隱似有波濤之聲，睜開眼來，但見雲霧中一輪朗月剛從東邊山後升起。兩人這一驚非小，適才大白日在酒樓上飲酒，怎麼轉瞬之間便已昏黑？昏昏沉沉中待要站起，更驚覺雙手雙腳均已給繩索縛住，張口欲呼，口中卻已塞了麻核，只刺得口舌生疼。黃蓉立知是著了那白胖乞丐的道兒，但他使了甚麼邪法，卻難索解；一時間也不去多想，斜眼見郭靖躺在身邊，正出力掙扎，先寬了一大半心。

郭靖此時內力渾厚，再堅韌的繩索也會給他數崩即斷，那知此刻他手腳運上了勁，身上繩索錚錚有聲，竟紋絲不損，原來這繩索是以牛皮條混以鋼絲絞成。郭靖欲待再加內勁，突然面上一涼，一片冰冷的劍鋒在自己臉頰上輕輕拍了兩拍，轉頭橫眼瞧去，見是四個青年乞丐，各執兵刃守在身邊，只得不再掙扎，轉頭去瞧黃蓉。

黃蓉定了定神，要先摸清周遭情勢，再圖脫身，側過身來，更驚得呆了，發覺竟是置身於一個山峯之頂，月光下看得明白，四下都是湖水，輕煙薄霧，籠罩著萬頃碧波，心道：「原來我們已給擒到了洞庭湖中的君山頂上，怎地途中毫無知覺？」再回頭過來，見十餘丈外有座高台，台周密密層層的圍坐著數百名乞丐，各人寂然無聲，一輪圓圓的明月，懸在遠處山峯頂上，未到中天。她暗暗心喜：「啊，是了，今日七月十五，這正是丐幫大會。待會我只須設法開口說話，傳下師父號令，何愁衆丐不服？」

過了良久，羣丐仍無動靜，黃蓉好生不耐，然不能動彈，惟有苦忍，再過半個時辰，她手腳不動，已微感酸麻，只見一盤冰輪漸漸移至頭頂，照亮了半邊高台。黃蓉心道：「李太白詩云：『淡掃明湖開玉鏡，丹青畫出是君山。』他當日玩山賞月，何等自在，今夜景自相同，我和靖哥哥卻給縛在這裏，眞令人又好氣又好笑！」月光緩移，照到台邊三個大字：「軒轅台」。黃蓉想起爹爹講述天下大江大湖的故事，曾說相傳黃帝於洞庭湖畔鑄鼎，鼎成後騎龍昇天，想來此台便是紀念這回事了。

過不多時，那高台已全浴在皓月之中，忽聽得篤篤篤、篤篤篤三聲一停的響起，忽緩忽急，或高或低，頗有韻律，卻是衆丐各執一根小棒，敲擊自己面前的山石。

黃蓉暗數敲擊之聲，待數到九九八十一下，響聲戛然而止，羣丐中站起四人，月光下瞧得明白，正是魯有腳與那淨衣派的三個長老。這丐幫四老走到軒轅台四角站定，羣丐一齊站起，叉手當胸，躬身行禮。

那白胖丐者待羣丐坐定，朗聲說道：「衆位兄弟，天禍丐幫，當眞是天大的災難，咱們洪幫主已在臨安府歸天啦！」一時羣丐鴉雀無聲。突然一人張口大叫，撲倒在地。四下裏羣丐搥胸頓足，號啕大哭，聲振林木，從湖面上遠遠傳了出去。

郭靖大吃一驚：「我們找尋不著師父，原來他老人家竟爾去世了。」不禁涕淚交流，只口中塞了麻核，哭不出聲。黃蓉卻想：「這胖子不是好東西，使邪法拿住我們。這人的話如何信得？他定是造謠。」

羣丐思念洪七公的恩義，個個大放悲聲。魯有腳忽然叫道：「彭長老，幫主歸天，是誰親眼見到的？」那白白胖胖的彭長老道：「魯長老，幫主他老人家倘若尚在人世，誰吃了豹子膽、老虎心，敢來咒他？親眼見他老人家歸天之人，就在此處。楊相公，請您對衆兄弟詳細述說罷。」人羣中站起一人，正是楊康。

他手持綠竹杖，走到高台之前，羣丐登時肅靜，但低泣嗚咽之聲兀自不止。楊康緩緩說道：「洪幫主於一個月之前，在臨安府跟人比武，受到圍攻，不幸失手而死。」

羣丐登時羣情洶湧，紛紛叫嚷：「仇人是誰？快說，快說！」「幫主如此神通，怎能失手？」「必是仇人大舉圍攻，咱們幫主落了個寡不敵衆。」

郭靖聽了楊康之言，由悲轉怒，隨即欣喜，心道：「一個月之前，師父明明與我們在一起，原來他是胡說八道。」黃蓉卻想：「這小子是老騙子裘千仞的入室弟子，學會了他那套假傳死訊的臭功夫。」

楊康雙手伸出，待衆丐安靜下來，這才說道：「害死幫主的，是桃花島島主東邪黃藥師，和全眞派的七個賊道。」黃藥師久不離島，衆丐知他名頭者不多，全眞七子卻威名遠震。這日能來君山赴會的，在丐幫中均非泛泛之輩，自然均知七子之能，心想黃藥師與幫主齊名，再加全眞七子聯手，幫主縱然武功卓絕，一人落了單，自非其敵，個個悲憤異常。有的破口大罵，有的嚷著立時要去爲幫主報仇。

楊康當日聽歐陽鋒說起，洪七公給他以蛤蟆功擊傷，性命難保。他又道郭靖已讓自己在禁宮中刺死，那知忽在岳陽樓撞見，大驚之下，指使丐幫三長老設法將兩人擒住，儘快害死。他想此事日久必洩，黃藥師、全眞七子、江南六怪等必找自己報仇。六怪武功不高，倒不如何懼怕，東邪和七子卻非同小可，便信口將殺害洪七公的禍端輕輕放到他們頭上，好讓丐幫傾巢而出，盼能將桃花島及全眞教挑了，除了大患。

羣丐紛擾聲中，東路簡長老站起身來，說道：「衆兄弟，聽我一言。」此人鬚眉皆已斑白，五短身材，四長老中年歲最大，一開口說話，餘人立時寂然無聲，顯是在丐幫中大有威望。只聽他說道：「眼下咱們有兩件大事。第一件是遵從洪幫主遺命，奉立本幫第十九代幫主。第二件是商量怎生給洪幫主報仇雪恨。」羣丐轟然稱是。

魯有腳卻高聲道：「咱們先得祭奠老幫主的英靈。」在地下抓起一把濕土，隨手揑成一個泥人，當作洪七公的靈像，放在軒轅台邊上，伏地大哭。羣丐大放悲聲。

黃蓉心道：「我師父好端端地又沒死，你們這些臭叫化哭些甚麼？哼，你們沒來由的把靖哥哥和我綁在這裏，累得你們空傷心一場，這才叫活該呢。」

衆丐號哭了一陣，簡長老擊掌三下，衆丐逐一收淚止聲，有人仍嗚咽不止。簡長老道：「本幫各路兄弟今日在岳州君山大會，本來爲的是要聽洪幫主指定他老人家的繼承之人，現下老幫主既不幸歸天，就須得依老幫主遺命而定。若無遺命，便由本幫四位長老共同推舉。這是本幫列祖列宗世代相傳的規矩，衆位弟兄，是也不是？」衆丐齊聲稱是。彭長老道：「楊相公，老幫主臨終歸天之時，有何遺命，請你告知。」

奉立幫主是丐幫中的第一等大事，丐幫的興衰成敗，倒有一大半決定於幫主是否有德有能。當年第十七代石幫主昏庸懦弱，武功雖高，但處事不當，淨衣派與污衣派紛爭不休，丐幫聲勢大衰。直至洪七公接任幫主，強行鎮壓兩派不許內鬨，丐幫方得在江湖上重振雄風。這些舊事此日與會羣丐盡皆知曉，是以一聽到要奉立幫主，人人全神貫注，屏息無聲。

楊康雙手持定綠竹杖，高舉過頂，朗聲說道：「洪幫主受奸人圍攻，身受重傷，性命危在頃刻，在下路見不平，將他藏在舍間地窖之中，騙過羣奸，當即延請名醫，悉心給洪幫主診治，終因受傷太重，難以挽救。」一眾丐發出一片唏噓之聲。楊康停了片刻，又道：「洪幫主臨終之時，將這竹杖相授，命在下接任第十九代幫主的重任。」此言既出，眾丐無不聳動，萬想不到丐幫幫主的重任，竟會交託給如此一個公子哥兒模樣之人。

楊康在臨安牛家村曲傻姑店中無意取得綠竹杖，見胖瘦二丐竟對己恭敬異常。他心下訝異，一路上對二丐不露半點口風，卻遠兜圈子、旁敲側擊的套問竹杖來歷。二丐見他竹杖在手，便有問必答，知無不言，言無不盡，是以未到岳州，他於丐幫的內情已知曉了十之六七，只幫中嚴規不得爲外人道的機密，他既不知發問，二丐自也不提。他想丐幫聲勢雄大，幫主又具莫大威權，反正洪七公已死無對證，索性一不做、二不休，乘機自認了幫主，便可驅策幫中萬千兄弟。他細細盤算，覺此計之中實無破綻，於是編了一套謊話，竟在大會中假傳洪七公遺命，意圖自認幫主。

他在丐幫數百名豪傑之士面前侃侃而言，臉不稍紅，語無窒滯，明知這謊話若給揭穿，多半便讓羣丐當場打成肉漿，但想自來成大事者定須干冒奇險，何況洪七公已死，綠竹杖在手，郭靖、黃蓉又已擒獲，所冒凶險其實也不如何重大，而一旦身爲幫主，卻有說不盡的好處，這丐幫萬千幫衆，正可作爲他日「富貴無極」的踏腳石。

淨衣派簡彭粱三長老聽了楊康之言，臉上均現歡容。

丐幫向分淨衣、污衣兩派。淨衣派除身穿打滿補釘的丐服之外，平時起居飲食與常人無異，儘可大魚大肉、娶妻納妾。這些人本來原是江湖上豪傑，或佩服丐幫的俠義行逕，或想恃丐幫爲靠山，或與幫中弟子交好而入幫，其實並非眞是乞丐。污衣派卻是眞正以行乞爲生，嚴守戒律：不得行使銀錢購物，不得與外人共桌而食，不得與不會武功之人動手。兩派各持一端，爭執不休。洪七公爲示公正無私，第一年穿乾淨衣服，第二年穿污穢衣服，如此逐年輪換，對淨衣、污衣兩派各無偏頗。本來污衣行乞，方是丐幫的正宗本色，洪七公愛飲愛食，要他儘是向人乞討殘羹冷飯充飢，卻也難以辦到，因此他自己也不能嚴守污衣派的戒律。但在四大長老之中，他卻對魯有腳最爲倚重，若非魯有腳性子暴躁，曾幾次壞了大事，洪七公早已指定他爲幫主的繼承人了。

這次岳州大會，淨衣派的衆丐早就甚是憂慮，心想繼承幫主的，論到德操、武功、人望，十之八九非魯有腳莫屬，而又以他最得洪幫主器重。何況幫中四大長老，雖有三人是淨衣派，中下層弟子卻是污衣派佔大多數。淨衣派三長老曾籌思諸般對付方策，但想到洪七公的威望，無人敢稍起異動之念，後來見楊康持竹杖來到岳州，又聽說洪七公已死，雖不免悲傷，卻想正是壓倒污衣派的良機，當下對楊康加意接納，十分恭謹，探聽七公的遺命。楊康極是乖覺，只恐有變，對遺命一節絕口不提，直到在大會之中方始宣示。淨衣派三老明知自己無份，也不失望，只消魯有腳不任幫主，便遂心願，又想楊康年輕，必可誘他就範。何況他衣著華麗，食求精美，決不會偏向污衣派。三人對望了一眼，各自點了點頭。

簡長老道：「這位楊相公所持的，確是本幫聖物。衆兄弟如有疑惑，請上前檢視。」

魯有腳側目斜睨楊康，心道：「憑你這小子也配作幫主，統率各路丐幫中的兄弟？」伸手接過竹杖，見那杖碧綠晶瑩，果是本幫幫主世代相傳之物，心想：「必是洪幫主感念相救之德，是以傳他。老幫主既有遺命，我輩豈敢不遵？我當赤膽忠心的輔他，莫要墮了洪幫主建下的基業。」雙手舉杖過頂，恭恭敬敬的將竹杖遞還給楊康，朗聲說道：「我等遵從老幫主遺命，奉楊相公爲本幫第十九代幫主。」衆丐齊聲歡呼。

郭靖與黃蓉身不能動，口不能言，心中暗暗叫苦。郭靖心想：「果然不出黃島主所料，楊康膽敢冒認幫主，將來必定爲禍不小。」黃蓉卻想：「這小子定然放我們二人不過，只得瞧他怎生發落，隨機應變。」

楊康謙道：「在下年輕識淺，無德無能，不敢當此重位。」彭長老道：「洪幫主遺命如此，楊相公不必過謙。衆兄弟齊心輔佐，楊相公放心便是。」魯有腳道：「正是！」咳嗽一聲，一口濃痰向他迎面吐去。

這一著大出楊康意料之外，竟沒閃避，這口痰正好沾在他右頰之上。他大吃一驚，正要喝問，簡、彭、梁三個長老一人一口唾液，都吐在他身上。楊康暗叫：「我命休矣！」自己陰謀終爲四長老揭破，只待轉身飛奔，明知萬難逃脫，總也勝於束手待斃，卻見四長老雙手交胸，拜伏在地。楊康愕然不解，一時說不出話來。羣丐依輩份大小，一個個上來向他身上吐一口唾液，然後各行幫中大禮。楊康驚喜交集，暗暗稱奇：「難道向我吐痰竟也算是恭敬？」他不知丐幫歷來規矩，奉立幫主時必須向幫主唾吐。蓋化子四方乞討，受萬人輕侮，爲羣丐之長者，必得先受幫衆之辱，其中實含深意。

黃蓉驀地想起，當日在明霞島上洪七公相傳幫主之位，曾在她衣角上吐了一口痰，其時只道是他重傷之後無力唾吐，以致如此，卻不知竟是奉立幫主的禮節。記得那日洪七公又道：「他日衆叫化正式向你參見，少不免尙有一件骯髒事，唉，這可難爲你了。」此刻方知師父怕她嫌髒，就此不肯接幫主之位，是以瞞過了不說。

好半天，羣丐禮敬方畢，齊呼：「楊幫主請上軒轅台！」

楊康見那台也不甚高，有心賣弄本事，雙足一點，飛身而上，姿形靈動，甚是美妙。他這一躍身法雖佳，但四大長老武功上各有精純造詣，已都瞧出他功夫華而不實，根基尚淺，他年紀甚輕，有此本領，顯是曾得高人傳授，也已算頗爲難得。

楊康登上軒轅台，朗聲說道：「害死老幫主的元兇雖未曾伏誅，可是兩名幫兇卻已給我擒獲在此。」羣丐聽了，又盡皆譁然，大叫：「在那裏？在那裏？」「快拿來亂刀分屍。」「別一刀殺了，叫狗賊零碎受苦。」郭靖心道：「又有甚麼幫兇給他擒獲了，倒要瞧瞧。」楊康厲聲道：「提到台前來！」

彭長老飛步走到郭黃二人身邊，一手一個，提起了二人，走到台前重重往地下一摔。郭靖這才醒悟，心中罵道：「好小子，原來是說我們。」

魯有腳見是靖蓉二人，大吃一驚，忙道：「啓稟幫主：這二人是老幫主的弟子，怎能加害師尊？」楊康恨恨的道：「正因如此，更加可惱。這二人欺師滅祖，罪大惡極。」彭長老道：「楊幫主親眼目睹，那能有甚麼錯？」

丐幫中的黎生和余兆興二人在寶應縣相助程瑤迦，險些命喪歐陽克手下，幸得郭靖、黃蓉搭救，對他們既感又佩，又知洪七公對這兩個徒兒甚是喜愛，當即在人叢中搶上前來。黎生叫道：「啓稟幫主：這兩位是俠義英雄，小的敢以性命相保，老幫主受害之事，決與他們無干。」余兆興叫道：「這兩位是好人，大大的好朋友。」梁長老瞪目喝道：「有話要你們長老來說，這裏有你們插嘴的地方嗎？」黎余二人屬於污衣派，由魯有腳該管。二人輩份較次，不敢再說，氣憤憤的退了下去。

魯有腳道：「非是小的膽敢不信幫主之言，只因這是本幫復仇雪恨的大事，請幫主詳加審詢，查明眞相。」楊康心中早有算計，說道：「好，我就來問個明白。」對靖蓉二人道：「你們也不必答話，我說得對，那就點頭，不對的就搖頭。若有半點欺瞞，休怪刀劍無情。」手一揮，彭梁二長老各抽兵刃，頂在靖蓉二人背心。彭長老使劍，梁長老使刀，兩柄都是利器。

黃蓉怒極，臉色慘白，想到在牛家村隔壁聽陸冠英向程瑤迦求婚時點頭搖頭之事，當時何等風光旖旎，今日落到自己頭上，卻受這奸徒欺辱。又想自己對歐陽克也曾玩過這把戲，不料竟身受此報，雖在氣惱之際，仍自思索如何在點頭搖頭之中引起魯有腳的疑慮，使得他力主口頭對答詢問，只消有口能言，揭破楊康的奸謀便非難事。

楊康知道郭靖老實，易於愚弄，將他提起來放在一旁，大聲問道：「這女子是黃藥師的親生女兒，是不是？」郭靖閉目不理。梁長老用刀在他背上一頂，喝道：「是也不是，點頭還是搖頭？」郭靖本待不理到底，轉念一想：「縱然我口不能言，總也有個是非曲直。」便點了點頭。

羣丐認定黃藥師是害死了洪七公的罪魁禍首，見他點頭，轟然叫了起來：「還問甚麼？快殺，快殺！」「快殺了小賊，再去找老賊算帳。」楊康叫道：「衆兄弟且莫喧嘩，待我再行問他。」眾丐聽到幫主吩咐，立時靜了下來。

楊康問郭靖道：「黃藥師將女兒許配給你，是嗎？」郭靖心想此事屬實，又點了點頭。楊康彎腰在他身上一摸，拔出一柄晶光耀目的短劍，問道：「這是全眞七子中的丘處機贈給你的，那丘老道還在短劍上刻了你的名字，是嗎？」郭靖點頭。楊康又問：「全眞七子中的馬鈺曾傳過你功夫，王處一曾救過你性命，你可不能抵賴？」郭靖心道：「我又何必抵賴？」又點了點頭。楊康道：「洪七公洪幫主當你們兩個是好人，曾把他的絕技相傳，是不是？」郭靖點頭。楊康再問：「洪老幫主受敵人暗算，身受重傷，你二人就在他老人家身旁，是麼？」郭靖又點了點頭。黃蓉心下焦急：「傻哥哥，不管他問的話對是不對，你總搖頭，他就不得不讓你說話了。」

眾丐聽楊康聲音愈來愈嚴峻，郭靖卻不住點頭，只道他直認罪名，殊不知這些問話與暗算洪七公之事其實絕無干係，全是楊康奸計陷害。這時連魯有腳也對靖蓉恨之入骨，走上前來，在郭靖身上重重踢了幾腳。楊康叫道：「眾兄弟，這兩個小賊倒也爽快，那就免了他們再吃零碎苦頭。彭梁二位長老，快動手罷！」

郭靖與黃蓉悽然對望。黃蓉忽然一笑，心想：「是我和靖哥哥死在一塊，不是那個華箏！這般死了，倒也乾淨。反正前面也在落大雨，那也不用奔跑了。」

郭靖抬頭看天，想起了遠在大漠的母親，凝目北望，但見北斗七星煜煜生光，猛地心念一動，想起了全眞七子與梅超風、黃藥師劇鬥時的陣勢，人到臨死，心思特別敏銳，那天罡北斗陣法的攻守趨退，呑吐開闔，驀地裏淸淸楚楚的顯在目前。

彭梁二長老挺持刀劍，走上前來正待下手，魯有腳忽然搶上，擋在靖蓉二人身前，叫道：「且住！」取出郭靖口中麻核，問道：「老幫主是怎生被害的，你給我明明白白的說來。」楊康忙道：「不必問啦，我都知道。」魯有腳卻道：「幫主，咱們問得越仔細越好。凡是與此事有關連的奸賊，不能放走了一個！」楊康暗暗著急，心想給他一說明眞相，定然有變，但魯有腳的逼問理所該當，不便攔阻，登時額頭滲出粒粒汗珠。

那知郭靖口中的麻核雖給取了出來，他卻仍不言不語，抬頭凝望北方天空，呆呆出神。魯有腳連問數聲，郭靖全沒聽見，原來他全神貫注，卻在鑽研天罡北斗陣的功夫。本來他受楊康誣陷，此刻已是他與黃蓉的生死關頭，口中麻核得脫，正可自辯，但他生性殊不機敏，一副心思全用於武學，此時正當專心致志、如痴如狂的境界，那裏還來理睬魯有腳的說話？黃蓉與楊康見他竟不乘此良機自辯，都驚異萬分，只是一個暗悲，一個暗喜，心境自是迴異。

楊康一揮手，彭梁二人舉起刀劍。忽聽得嗤嗤聲響，一道紫色光燄掠過湖面。

彭梁二人愕然回顧，又見兩道藍色光燄沖天而起，這光燄離君山約有數里，發自湖心。簡長老道：「幫主，有貴客到啦。」楊康一驚，問道：「是誰？」簡長老道：「鐵掌幫幫主。」楊康不知鐵掌幫的來歷，問道：「鐵掌幫？」簡長老道：「這是荆湖的大幫會，他們幫主前來拜山，須得好好接待。貴賓駕臨，咱們不便處置叛徒，否則須不好看。這兩個小賊，待會發落不遲。」楊康道：「也好，就請簡長老延接賓客。」簡長老傳令下去，砰砰砰三響，君山島上登時飛起三道紅色火箭。

過不多時，來船靠岸，羣丐點亮火把，起立相迎。那軒轅台是在君山之頂，從山腳至山頂尚有好一段路，來客雖然均具輕功，也過半晌方到。

靖蓉二人給帶入人叢之中，由彭長老命弟子看管。黃蓉打量郭靖，見他神色呆滯，抬頭望天，喃喃不停的不知在說些甚麼，心下詫異，料來他大受冤屈，神智有些胡塗了，心想不管來的是甚麼人，總有了可乘之機。正自尋思，見來客已到，火把照耀下數十名黑衣人擁著一個老者來至台前。這老者身披黃葛短衫，手揮蒲扇，不是裘千仞是誰？黃蓉又好氣，又好笑，卻又大爲失望，這人前來，決不會有甚麼好事。

簡長老迎上前去，說了一番江湖套語，神態極爲恭謹，然後給楊康引見，說道：「這位是鐵掌水上飄裘老幫主，神掌無敵，威震當世。敝幫洪老幫主不幸在臨安府逝世，這一位是敝幫今日新接任的楊幫主，少年英雄。兩位多親近親近。」

楊康在太湖歸雲莊上曾親眼見到裘千仞出醜露乖，心中好生瞧他不起，暗想這個大騙子原來還是甚麼幫會的幫主，心念一動，假裝不識，笑道：「幸會，幸會。」伸出手去和他拉手。雙掌相握，楊康立將全身之力運到手上，存心要捏得他呼痛叫饒，心想：「人人信你武功卓絕，卻要叫你栽在我的手裏。這眞是天賜良機，正好借你這老兒，讓我在衆丐之前示武立威。」那知他剛一用勁，掌心立感滾熱無比，猶似握到了一塊紅炭，急忙撤手，手掌卻已爲對方牢牢抓住，這股滾熱宛如直燒到了心裏，忍不住大叫：「啊唷！」登時臉色慘白，雙淚直流，痛得彎下腰去，幾欲暈倒。

丐幫四大長老見狀大驚，一齊搶上護持。簡長老是四長老之首，將手中鋼杖在山石上一頓，錚的一響，火花四濺，怒道：「裘幫主，你遠來是客，我們楊幫主年紀輕著，你怎能考較起他功夫來啦？」

裘千仞冷冷的道：「我好好跟他拉手，是貴幫幫主先來考較老朽啊。楊幫主存心要捏碎我這幾根老骨頭。」他口中說著話，手上絲毫不鬆，說一句，楊康「哎喲」一聲，等他這幾句話說完，楊康聲音微弱，已痛得暈了過去。

裘千仞鬆手外揮，楊康知覺已失，直跌出去。魯有腳忙搶上扶住。

簡長老怒道：「裘老幫主，你……你……這是甚麼用意？簡直豈有此理？」

裘千仞哼了一聲，左掌向他臉上拍去。簡長老舉起鋼杖擋格。裘千仞變招快極，左手下壓，已抓住鋼杖杖頭。他掌緣甫觸杖頭，尚未抓緊，已向裏奪。簡長老武功殊非泛泛，一驚之下，抓杖不放，裘千仞竟沒將杖奪到，右掌似風，忽地向左橫掃，噹的一聲，擊在鋼杖腰裏。簡長老雙手虎口震裂，鮮血長流，再也把持不住，鋼杖給他奪了過去。裘千仞橫杖反挑，同時架開彭梁二老的刀劍，收杖之際，右肘乘勢撞向魯有腳面門，片刻之間便將丐幫四老盡皆逼開。羣丐相顧駭然，各取兵刃，只待幫主號令，就要擁上與鐵掌幫拚鬥。

裘千仞左手握住鋼杖杖頭，雙手使勁擲出，鋼杖飛向空中，急向對面山石射去，錚的一聲巨響，杖頭直插入山石，鋼石相擊之聲，良久方息。他顯了這手功夫，羣丐固然驚服，黃蓉更加駭異：「這老兒明明是個沒本事的大騙子，怎地忽然變得如此厲害？多半是他跟楊康、簡長老串通了，又搞甚麼詭計，這鋼杖中定有古怪。」一頭頂月光照耀，四周火把相襯，瞧得明白，這人的確便是在歸雲莊、牛家村兩地所見的裘千仞。

她轉頭向郭靖瞧去，見他仍仰首上望，在這危急當口竟然細觀天象，難道驚怒交集之下，當眞失心瘋了？還是爲了華箏的婚事與對自己的情愛，難以自解，竟爾心智失常？何況他並非賞月，而是看星，當眞莫名其妙。她關心郭靖，也不再去想裘千仞玩的是甚麼把戲，一雙妙目只瞧著郭靖的神情。

裘千仞冷然道：「鐵掌幫跟貴幫素來河水不犯井水，聞得貴幫今日大會君山，在下好意前來拜會，貴幫幫主何以一見面就給在下來個下馬威？」

簡長老爲他威勢所懾，心存畏懼，聽他言語中敵意不重，忙道：「那是裘老幫主誤會了。老幫主威震四海，我們素來十分敬仰。今日蒙裘老幫主光降，敝幫上下全感榮寵。大家只有竭誠歡迎，決無不敬之意。」

裘千仞昂首不答，神氣間驕氣逼人，過了良久方道：「洪老幫主不幸仙去了，天下英雄又弱一個，可惜啊，可惜。貴幫奉立這樣一位新幫主，可嘆啊，可嘆！」

此時楊康已然甦醒，聽他當面譏刺，卻敢怒而不敢言，但覺右掌仍如火燒炙，五根手指已腫得如五枝山藥一般。丐幫四長老面面相覷，不知如何接口。裘千仞道：「老夫今日拜會，有一樁事要向貴幫請教，此外另有一份重禮奉獻。」簡長老道：「不敢，但請裘老幫主示下。」

裘千仞道：「前幾日敝幫有幾位兄弟奉老夫之命出外辦事，不知怎生惹惱了貴幫兩位朋友，將他們打得重傷。敝幫兄弟學藝不精，原本沒話說，江湖上傳揚開來，鐵掌幫這個臉卻丟不起。老夫不識好歹，要領教領教貴幫兩位朋友的手段。」

楊康對丐幫兄弟原無絲毫愛護之心，豈敢爲了兩名幫衆而再得罪於他，說道：「是誰擅自惹事，跟鐵掌幫的朋友動過手啦？快出來向裘老幫主賠罪。」

丐幫自洪七公接掌幫主以來，在江湖上從沒失過半點威風，現下洪七公一死，新幫主竟如此懦弱，羣丐聽了他這幾句言語，無不憤恨難平。

黎生和余兆興又從人叢中出來，走上數步。黎生朗聲道：「啓稟幫主：本幫幫規第四條言明，凡我幫衆，須得行俠仗義，救苦扶難。前日我們兩人路見鐵掌幫的朋友欺壓良民，更要擄掠良家婦女，我二人忍耐不住，是以出頭阻止，動起手來，傷了鐵掌幫的朋友。」楊康大聲道：「不管怎樣，還是向裘老幫主賠罪罷。」

黎生和余兆興對望一眼，氣憤塡膺，若不賠罪，那是違了幫主之命，若去賠罪，這口氣實在難咽。黎生大聲叫道：「衆位兄弟，要是老幫主在世，決不能讓咱們丟這個臉。今日小弟寧死不辱！」從裏腿中抽出一把短刀，一刀插在自己心裏，立時氣絕。余兆興撲上去搶起短刀，在自己胸口也是一刀，死在黎生身上。衆丐見二人不肯受辱而自刎，羣情洶湧，只丐幫幫規極嚴，若無幫主號令，誰也不敢有甚異動。

裘千仞淡淡一笑，道：「這件事如此了結，倒也爽快。現下我要給貴幫送一批禮物。」左手一揮，他身後數十名黑衣大漢打開攜來的箱籠，各人手捧一盤，躬身放在楊康身邊，盤中金光燦然，盡是金銀珠寶之屬。衆丐見他們突然拿出金珠，更是詫異。裘千仞道：「鐵掌幫雖然有口飯吃，可拿不出這等重禮，這份禮物是大金國趙王爺託老夫轉送的。」

楊康又驚又喜，忙問：「趙王爺他在那裏？我要見他。」裘千仞道：「這是數月之前，趙王爺差人送到敝處的，命老夫有話轉告貴幫。」楊康嗯了一聲，心道：「那是爹爹南下之前安排下的，卻不知他送禮給這批叫化兒作甚？」裘千仞道：「趙王爺敬慕貴幫英雄，特命老夫親自來獻禮結納。」楊康欣然道：「有勞老幫主貴步，何以克當？」裘千仞笑道：「楊幫主年紀雖輕，倒通情達理，遠勝於洪幫主了。」

楊康在燕京時未曾聽說完顏洪烈要跟丐幫打甚麼交道，此時急欲知道他用意，問道：「不知趙王爺對敝幫有何差遣，要請老幫主示下。」裘千仞笑道：「差遣二字，決不能提。趙王爺只對老夫順便說起，言道北邊地瘠民貧，難展駿足……」楊康接口道：「趙王爺是要我們移到南方來？」裘千仞笑道：「楊幫主聰明之極，適才老夫實是失敬。趙王爺言道：江南、湖廣地暖民富，丐幫衆兄弟何不南下歇馬？那可勝過在北邊苦寒之地多多了。」楊康笑道：「多承趙王爺與老幫主美意指點，在下自當遵從。」

裘千仞想不到對方竟一口答允，臉上毫無難色，倒也頗出意料之外，轉念一想，料來此人年輕懦弱，適才給自己鐵掌一捏之下，痛得死去活來，心中怕極，此刻自己不論說甚麼，他都不敢有絲毫違抗，但丐幫在北方根深柢固，豈能說撤便撤？事後羣丐計議，勢必反悔，須當敲釘轉腳，讓丐幫將來無法反口，於是說道：「大丈夫一言而決。楊幫主今日親口答允，丐幫衆兄弟撤過大江，今後不再北返的了？」

楊康正欲答應，魯有腳忽道：「啓稟幫主：咱們行乞爲生，要金珠何用？再說，我幫幫衆數十萬，足跡遍天下，豈能受人所限？還請幫主三思。」

楊康這時已然明白完顏洪烈的心意。他早知丐幫在江北向來與金人爲敵，諸多掣肘，金兵每次南下，丐幫必在金兵後方擾亂，或刺殺將領，或焚燒糧食，若將丐幫人衆南撤，自然大利金人南征，於是說道：「這是裘老幫主的一番美意，我們倘若不收，倒顯得不恭了。金珠寶物我不要分，四位長老，待會盡數俵分與衆兄弟罷。」

魯有腳急道：「咱們洪老幫主號稱『北丐』，天下皆聞，北邊基業，豈能輕易捨卻？我幫忠義報國，世世與金人爲仇，金人送的禮物決不能收，撤過長江，更加萬萬不可。」

楊康勃然變色，正欲答話，彭長老笑道：「魯長老，我幫大事是決於幫主，不是決於你罷？」魯有腳凜然道：「若要忘了忠義之心，屬下寧死不從。」楊康問道：「簡、彭、梁三位長老，你們之意若何？」簡梁二長老遲疑未答，均覺丐幫撤過長江之舉頗爲不妥。彭長老卻大聲道：「但憑幫主吩咐。屬下豈敢有違？」楊康道：「好，八月初一起，我幫撤向江南。」此言一出，羣丐中倒有一大半鼓噪起來。楊康見衆丐喧嚷，一時不知所措。簡、彭、梁三老大聲喝止，但鼓噪的皆是污衣派羣丐，對三老都不加理會。

彭長老喝道：「魯長老，你要背叛幫主不成？」魯有腳凜然道：「縱然千刀分屍，我也不敢欺尊滅長、背叛幫主。只是我幫列祖列宗遺訓，魯有腳更加不敢背棄。金人侵我江山，殺我同胞，是我大宋死敵，洪老幫主平日對咱們說甚麼話來？」簡、梁二長老垂頭不語，心中頗有悔意。

裘千仞見形勢不佳，若不將魯有腳制住，只怕此行難有成就，當下冷笑一聲，對楊康道：「楊幫主，這位魯長老跋扈得緊哪？」一語方罷，雙手暴發，猛往魯有腳肩上拿去。魯有腳當他冷笑之時，已有防備，知他手掌厲害，不敢硬接，猛地裏身形急矮，已從他胯下鑽過，腰未伸直，呼呼呼三腳往他臀上踢去。他名字叫魯有腳，這腿上功夫果然甚是了得，出足快捷無倫。裘千仞見他忽從自己胯下鑽過，心想此人招數好怪，覺得身後風響，忙回掌力拍，魯有腳第三腳若將勁力使足，原可踢中他後臀，但如爲對方鐵掌擊中，自己足脛卻也經受不起，腳到中途，硬生生收轉，一個觔斗，從他身旁翻過，突然一口濃痰向裘千仞臉上吐去。裘千仞側頭避過，見他怪招百出，不覺一怔。

楊康喝道：「魯長老不得對貴客無禮！」魯有腳聽得幫主呼喝，退了兩步。裘千仞卻毫不容情，雙手猶似兩把鐵鉗，往他咽喉扼來。魯有腳暗暗心驚，翻身後退，只聽得敵人「嘿」的一聲，自己雙手已落入他掌握之中。

魯有腳身經百戰，雖敗不亂，用力上提沒能將敵人身子挪動，立時一個頭錘往他肚上撞去。他自小練就銅錘鐵頭之功，一頭能在牆上撞個窟窿。某次與丐幫兄弟賭賽，和一頭大牯牛角力，兩頭相撞，他腦袋絲毫無損，牯牛卻暈了過去。現下這一撞縱然不能傷了敵人，但雙手必可脫出他掌握，那知頭頂剛與敵人肚腹相接，立覺相觸處柔若無物，宛似撞入了一堆棉花之中，心知不妙，急忙後縮，敵人的肚腹竟也跟隨過來。魯有腳出力掙扎，裘千仞那肚皮卻似有極大吸力，牢牢將他腦袋吸住，驚惶中只覺腦門漸漸發燙，同時雙手也似落入了一隻熔爐之中，既痛且熱。

裘千仞喝道：「你服了麼？」魯有腳罵道：「臭奸賊，服你甚麼？」裘千仞左手用勁，格格幾響，將他右手五指指骨盡數捏斷，再問：「服了麼？」魯有腳又罵：「臭奸賊，服你甚麼？」格格幾響，左手指骨又斷。他疼得神智迷糊，口中卻仍罵聲不絕。

裘千仞道：「我肚皮運勁，把你腦袋也軋扁了，瞧你還罵不罵？」語聲未畢，丐羣中忽地躍出一人，身高膀寬，正是郭靖。

只見他大踏步走到魯有腳身後，高舉右掌，在他後臀啪啪啪連打三下，清脆可聞。這三下雖打在魯有腳後臀之上，裘千仞只覺一股力道從魯有腳頭頂傳向自己肚腹，騰騰騰連撞三下，這三下一撞重似一撞，登時將肚上的吸力盡數化解。魯有腳斗然覺得頭頂一鬆，忙站直身子，但雙手仍給對方緊握不放。郭靖叫道：「你不是裘老前輩對手，走開罷！」左腿高提橫掃，正好踢在他肩頭。

這一腿仍和適才一般，著力之處雖在他身上，受力之點卻傳到了裘千仞雙臂。裘千仞但感虎口劇震，抓緊對方的掌力不由自主的鬆了。魯有腳得此良機，借著郭靖這一腿之力斜裏竄出，只頭頂給吸得久了，一陣天旋地轉，站立不穩，倒在地下。

裘千仞見郭靖露了這三掌一腿，不由得暗驚，此人小小年紀，居然有隔物傳勁的本事，想不到丐幫之中還有這等人物，緊守門戶，並不搶先進攻。羣丐卻不明就裏，先前早認定郭靖是殺害幫主的幫兇，又見魯有腳爲他踢倒，大聲呼喊，紛紛擁上。

郭靖本來手足爲鋼絲和牛皮條絞成的繩索牢牢縛住，絲毫動彈不得，一直在仰觀北斗，潛思全眞七子當日在牛家村所使的陣法，再和記得滾瓜爛熟的九陰眞經經文反覆參照，許多疑難不明之處，一步步的在心中出現了解答。九陰眞經爲前輩高人自道藏中所悟，與馬鈺所傳的全眞派道家內功、全眞七子的天罡北斗陣皆一脈相通，只不過更爲高深奧妙而已，然郭靖悟心實在太差，文理又不甚通，對眞經經文領會有限，事後細思，始終悟不到其間的關連，此時見到天上北斗，這才隱隱約約的想到了。當裘千仞與楊康、簡長老、魯有腳等人一問一答之際，他正自全神思考眞經下卷中所述的「收筋縮骨法」。這縮骨法的最下乘功夫，是鼠竊狗盜的打洞穿窬之術，但練到上乘，卻能將全身筋骨縮成極小的一團，就如刺蝟箭豬之屬遇敵蜷縮一般。郭靖在明霞島上遵洪七公之囑，起手習練「易筋鍛骨章」，此時已有小成，根柢既佳，一經依法施爲，不知不覺間就將手腳上束縛的繩索卸去。他身手之靈活，實勝於頭腦十倍，繩索雖已卸脫，心中兀自不明白何以得能如此。

彭長老本站在台前，忽見他脫縛而出，吃驚非小，伸臂一把抓去沒抓住，但見地下空餘一團繩索，仍牢牢的互相鉤結，而縛著的人卻如一條泥鰍般已滑了出去，待要上前追趕，只見他已將魯有腳救出。彭長老心想挺身上前未必能討得了好去，口中大呼：「拿住這小賊！」雙足卻釘在地下不動。

郭靖給縛得久了，甚是氣憤，體念黃蓉心意，想她小孩脾氣，必然惱怒更甚，雖知羣丐受楊康欺蒙，並非有意與自己爲敵，但見衆人高呼攻來，心道：「今日不好好打你們一頓，難消蓉兒胸中之氣！」有心要試試剛好想通的天罡北斗陣法，雙臂一振，足下已踏定了「天權」之位。

但見六七名丐幫幫衆同時從前後左右撲到，郭靖雙足挺立，凝如山岳，左臂橫在胸前。先到的三名幫衆伸手往他臂上抓去，郭靖橫臂不動，片刻間又有數人攻上。郭靖斗然間抽回手臂，滴溜溜的轉了個圈子，在丐幫這幾人後心疾施手腳，或推其背，或撞其腰，又或踢其屁股，只聽「哎唷」「啊喲」「賊廝鳥」一連串叫喊，六七人跌成一團。

郭靖心下歡喜：「這法子果然使得。」回過身來，正要去抓楊康跟他算帳，月光下見兩名乞丐撲向黃蓉，只怕她受了傷害，相距既遠，救援不及，身上又無暗器，情急之下，彎腰除下腳上一對布鞋直揮出去。這計策本來他也萬萬想不出來，但聽江南六怪述說當年在法華寺大戰的情形，二師父朱聰曾除鞋投擲丘處機，便也學上一手。

那兩名乞丐惟恐黃蓉也如郭靖一般脫身，各持兵刃，要將她即行殺了，好爲老幫主報仇，剛奔到黃蓉身前，兵刃尚未舉起，忽覺後心風聲峻急，有物飛擲而至，知道有人暗算。一個武功較高，急忙轉身，郭靖的鞋子正好打中他胸口，另一個未及回身，鞋子已到，打中背心。布鞋雖柔軟輕飄，但給郭靖運上了內力，勁道不小，兩人立腳不住，一個仰跌，一個俯衝，同時摔倒。

彭長老站得較近，見郭靖以布鞋打人竟也如此剛猛淩厲，更加驚懼，忙退開數步。

郭靖揮手推開三名丐幫幫眾，急奔到黃蓉身旁，俯身去解她身上繩素，只解開一個結，已有數十名幫眾湧到。郭靖索性坐在地下，就學丘處機、王處一等人以天罡北斗陣禦敵之法，只伸右掌迎戰，將黃蓉放上雙膝，左手慢慢解開繩結。他曾得周伯通傳授雙手互搏、一心二用之術，這時左手解索，右手迎敵，絲毫不見局促。

不到一盞茶時分，靖蓉二人身周已重重疊疊的圍了成百名幫眾，後面的人別說出手，連郭靖的身子也望不到一眼。

郭靖只以單掌防衛，始終不施反擊，直到將黃蓉手腳上的繩索盡數解開，又取出她口中麻核，才道：「蓉兒，你沒甚麼傷痛罷？」黃蓉側臥在他膝上，卻不起身，說道：「就是混身酸麻，倒沒受傷。」郭靖道：「好，你躺著歇一會兒，瞧我給你出氣。」兩人一個坐地，一個高臥，竟將四周兵刃亂響、高聲喧嘩的羣丐視若無物。黃蓉笑道：「你動手罷，只是別當眞傷了我的徒子徒孫。」郭靖道：「我理會得。」左掌輕輕撫摸她的一頭秀髮，右掌忽地發勁，砰砰砰三響，三名幫衆從人羣頭頂飛了出去。

羣丐一陣大亂，又有四人給他以掌力甩出。只聽人羣中有人叫道：「衆兄弟退開，讓八袋弟子對付兩名小賊。」正是簡長老的聲音。羣丐聽到號令，紛紛散開，靖蓉身旁只餘下三人，另有五人從後搶上，八人分站四周。這八丐背後都背負八隻麻袋，是丐幫中僅次於四大長老的人物，每人均統率一路幫衆，那接引楊康的瘦胖二丐亦在其內。八袋弟子原共九人，黎生自刎而死，就只賸下八人了。

郭靖知道目下對手雖減，但均是高手，正欲站起，黃蓉低聲道：「坐著打，你對付得了。」郭靖心想：「八人齊上，倒不易抵擋，須得先打倒幾個。」認得胖瘦二丐是從牛家村接引楊康來此之人，左手抓起從黃蓉身上解下來的鋼絲牛皮索，一招「斷脛盤打」著地掃去。這是馬王神韓寶駒當年所授金龍鞭法中的一招，鞭法雖同，他功力大進之後，使將出來便威力倍增。

胖瘦二丐見鋼索掃到，忙縱身躍起閃避。郭靖舞動鋼索，化成一道索牆，擋住前、左、後三方，卻將右面留出空隙。這破綻正在胖瘦二丐身前，其餘六丐卻盡爲鋼索阻住，急切間攻不進去。二丐見有機可乘，立時撲上，只聽得簡長老急叫：「攻不得！」爲時已然不及，郭靖掌去如風，啪啪兩掌，分別擊在二丐肩頭。二丐身不由主的疾飛而出，撞向鐵掌幫的一衆黑衣漢子。

二丐受力雖同，但二人肥瘦有別，份量懸殊，重的飛出遠，輕的跌得近。砰砰兩響，撞倒了兩名黑衣漢子。裘千仞原在一旁袖手觀戰，見二丐飛跌而出，也不以為意，但聽到相撞之聲，卻不由得一驚，心道：「我們的人非死必傷。」搶上前去，只見胖瘦二丐已一躍站起，並無損傷，鐵掌幫的兩名幫眾卻已給撞得筋折骨斷，爬在地下。裘千仞大怒，剛欲回頭，只聽身後風響，又有兩名丐幫的八袋弟子給郭靖以掌力甩了出來。

裘千仞知道郭靖所使的這隔物傳勁之力遠重近輕，丐幫弟子親受者小，讓他們撞著的受力卻重，回臂將一丐往無人處斜裏推出，隨即雙掌併攏，呼的一聲，往另一丐背心擊去。這一擊是他賴以成名的鐵掌功夫，如勝過郭靖掌力，便不但抵消來力，還能以餘力重創那丐，否則自己縱不受傷，也會給擊得跌倒或是後退。

丐幫三老和黃蓉知他這雙掌一擊，是正面和郭靖的掌力比拚，勝負之數，關係非小，俱都凝神注視，但見他雙掌發出，那八袋弟子倒飛丈許，輕輕巧巧的落在地下，呆了一呆，轉身又向郭靖奔去，竟絲毫沒受傷。這一來，丐幫三老均知郭靖與裘千仞的功力大致在伯仲之間，雖郭靖稍有不及，卻也相差不遠。黃蓉更感驚疑：「這老騙子功夫甚是尋常，怎能擋得住靖哥哥這一掌之力？這可是硬接硬架的真本事，萬萬不能施甚鬼蜮伎倆。」裘千仞右手一揮，約束鐵掌幫諸人退後。

丐幫八袋弟子的武功只與尹志平、楊康之儔相若，郭靖一起手就擊倒了四人，雖有一人回來重入戰團，郭靖將降龍十八掌與天罡北斗陣配在一起，以威猛之勢，濟以靈動之變，這五丐怎抵擋得住？若非郭靖瞧在師父和黃蓉份上，早將五丐打得非死即傷，只鬥了十餘招，又以掌力震倒二丐。餘下三丐轉身欲逃，郭靖左手鋼索揮出，捲住二人足踝，扯到身旁。黃蓉道：「綁住了！」郭靖抄起鋼索，將兩人手足反縛在一起。

黃蓉見他大獲全勝，既驚且喜，心想擒獲自己的是那滿臉笑容的彭長老，記得師父曾說過江湖上有一門懾心之術，能使人忽然睡去，受人任意擺布，毫無反抗之力，想來這彭長老所用的正是這門邪術，問道：「靖哥哥，九陰眞經中載得有甚麼『懾心法』麼？」郭靖道：「沒有……」黃蓉好生失望，低聲道：「提防那笑臉惡丐，莫與他眼光相接。」郭靖點頭道：「我正要狠狠打這傢伙一頓出氣！」說著扶了黃蓉背脊，兩人一齊站起。郭靖瞪視楊康，大踏步向他走去。

楊康當郭靖大展神威、力鬥羣丐之際，已自惴惴，只盼羣丐倚多爲勝，將他制服，那知羣丐逐一敗退，郭靖卻向自己逼來，只要給他迫近身來，那裏還有命在？情急之下，高聲叫道：「四位長老，咱們這裏無數英雄好漢，豈能任由這小賊猖狂？」嘴裏喊得急，腳下也不慢了，忙退到簡長老身後。簡長老回首低聲道：「幫主放心，咱們用車輪戰困死小賊。」提高嗓子叫道：「八袋弟子，布堅壁陣！」

一名八袋丐首應聲而出，帶頭十多名幫衆排成前後兩列，各人手臂相挽，十六七人結成一堵人牆堅壁，發一聲喊，同時低頭向靖蓉二人猛衝過去。

黃蓉叫聲：「啊喲！」閃身向左躍開。郭靖向右繞過，東西兩邊又有兩排幫眾衝來。郭靖見羣丐戰法怪異，待這人牆衝近，竟不退避，雙掌突發，往人牆中心一丐身上推去。他掌力雖強，但這堅壁陣合十餘人的體重，再加上疾衝之勢，那裏推挪得開？堅壁中心受力，微微一頓，兩翼便即包抄上來。郭靖一個踉蹌，險些為這股巨力撞倒，急忙躍起，從人牆之頂竄過，身子尚未落地，只叫得聲苦，迎面又是一堵幫眾列成的人牆衝到，忙吸口氣，右足點地，又從眾人頭上躍過。豈知那些人牆一堵接著一堵，竟似無窮無盡，前隊方過，立即轉作後隊，翻翻滾滾，便如巨輪般輾將過來。郭靖武功再強，終究寡不敵眾，至此已成束手待縛之勢。

黃蓉身法靈動，縱躍功夫也高過郭靖，但時刻稍久，一隊隊的移動巨壁越來越多，趨避奔竄之際漸感心跳氣喘，東閃西躲了一陣，竟與郭靖會在一起，漸漸給逼向山峯一角。黃蓉心念一動，叫道：「靖哥哥，退向崖邊。」郭靖聽了，一時尚未領會，但依言退向懸崖，眼見離崖邊只餘五六尺之地，丐幫的堅壁竟停步不衝。郭靖恍然懂了：「啊，下面是深谷，衝過來收不住腳，不跌死才怪。」向黃蓉望了一眼，剛要讚她聰明，卻見她臉上突轉憂色，只見一堵又厚又寬的人牆緩緩移近，這番不是猛衝，卻是要慢慢的將二人擠入深谷，同時成百人前後連成了十餘列，再也縱躍不過。

郭靖在蒙古之時，曾與馬鈺晚晚上落懸崖，這君山之崖遠不及大漠中懸崖的高險，眼見人牆漸近，叫道：「蓉兒，你伏在我背上，咱們下去。」黃蓉嘆道：「不成啊，他們會用大石頭投擲，那是死路一條。」郭靖彷徨無計，不知如何，在這生死懸於一髮之際，忽然想起了九陰眞經上卷中的一段文字，說道：「蓉兒，眞經中有一段叫做『移魂大法』，只怕跟你說的甚麼懾心法差不多……好，咱們跟他們拚了，要摔麼大家一齊下去。」黃蓉嘆道：「這些都是師父手下的好兄弟，咱們多殺化子又有何益？」

郭靖突然雙臂直伸，抱起她身子，低聲道：「快逃！」在她頰上親了一親，奮起平生之力，將她向軒轅台上擲去。黃蓉只覺猶似騰雲駕霧般從數百人的頭頂飛過，知道郭靖要獨擋羣丐，好讓自己乘隙逃走，雙膝微彎，輕輕落在台上，心中又酸又苦，卻見楊康正自得意洋洋的站在台角，指手劃腳，呼喝督戰，這良機豈肯錯過，足未站定，和身向前撲出，左手手指已搭住綠竹杖的杖頭。

楊康斗然見她猶似飛將軍從天而降，猛吃一驚，舉杖待擊，黃蓉右手食中二指倏取他的雙目，同時左足翻起，已將竹杖壓住。楊康武功本就不及黃蓉，而她這一招又是洪七公所授打狗棒法的絕招「獒口奪棒」，倘若竹棒爲高手敵人奪去，只要施出此招，立時奪回，百發百中，即是武功高出楊康數倍之人，遇上這招也決保不住手中桿棒。黃蓉奪杖是主，取目是賓，卻因手法過快，手指竟已戳得楊康眼珠劇痛，好一陣眼前發黑。

楊康爲保眼珠，只得鬆手放開竹杖，隨即躍下高台。

黃蓉雙手高舉竹杖，運起內力，朗聲叫道：「洪幫主並未歸天，全是奸徒造謠。丐幫衆兄弟，立即罷手停步！」羣丐一聽，盡皆愕然，此事來得太過突兀，難以相信，但樂聞喜訊，惡聽噩耗，原是人情之常，當下人人回首望著高台。黃蓉又運內力高叫：「衆兄弟過來，洪幫主平安大吉，正在大吃大喝，每天吃三隻叫化鷄！」楊康眼睛兀自疼痛，耳中卻聽得清楚，在台下也高聲叫道：「我是幫主，衆兄弟聽我號令，快把那男賊擠下崖去，再來捉拿這胡說八道的女賊。」丐幫幫衆對幫主奉若神明，縱有天大之事，對幫主號令也決不敢不遵，聽到楊康號令，當即發一聲喊，踏步向前，但想洪老幫主愛吃叫化鷄，決非虛假，雖然每天三隻似乎太多，忙亂之中，倒也信了三分。

黃蓉叫道：「大家瞧明白了，幫主的打狗棒在我手中，我是丐幫幫主。」羣丐一怔，幫主打狗棒爲人奪去之事，實是從所未聞，猶豫之間，又各停步。

黃蓉叫道：「我丐幫縱橫天下，今日卻讓人趕上門來欺侮。黎生、余兆興兩位兄弟給人逼死，魯長老身受重傷，那是爲了甚麼緣故？」羣丐激動義憤，倒有半數回頭過來聽她說話。黃蓉又道：「只因爲這姓楊的奸賊與鐵掌幫勾結串通，造謠說洪老幫主逝世。你們可知這姓楊的是誰？」羣丐紛紛叫道：「是誰？快說，快說。」有的卻道：「莫聽這女賊言語，亂了心意。」衆人七張八嘴，莫衷一是。

黃蓉叫道：「這人不是姓楊，他姓完顏，是大金國趙王爺的兒子。他是存心來滅咱們大宋來著。」羣丐俱各愕然，卻無人肯信。

黃蓉尋思：「這事一時之間難以教衆人相信，以毒攻毒，且栽他一贓。」探手入懷，一摸懷中各物幸好未被搜去，當即掏出那日朱聰從裘千仞身上偷來的鐵掌，高高舉起，叫道：「我剛才從這姓完顏的奸賊手中搶來這東西。大家瞧瞧，那是甚麼？」

羣丐與軒轅台相距遠了，月光下瞧不明白，好奇心起，紛紛湧到台邊。有人叫了起來：「這是鐵掌幫的鐵掌令啊，怎麼會在他手裏？」

黃蓉大聲道：「是啊，他是鐵掌幫的奸細，身上自然帶了這標記。丐幫在北方行俠仗義，已有幾百年，爲甚麼這姓楊的擅自答應撤向江南？」

楊康在台下聽得臉如死灰，右手一揚，兩枚鋼錐直向黃蓉胸口射去。他相距既近，出手又快，但見兩道銀光激射而至。黃蓉未加理會，羣丐中已有十餘人齊聲高呼：「留神暗器，小心了！」「啊喲，不好！」兩枚鋼錐在軟蝟甲上一碰，錚錚兩聲，跌落台上。

黃蓉叫道：「完顏康，你若非作賊心虛，何以用暗器傷我？」

羣丐見暗器竟傷她不得，更加駭異萬狀，紛紛議論：「到底誰是誰非？」「洪幫主眞的沒死麼？」人人臉上均現惶惑之色，一齊望著四大長老，要請他們作主。

衆丐排成的堅壁早已散亂，郭靖從人叢中大踏步走到台邊，也無人理會。

軒轅台

簡長老只得向前急縱，可是避開前棒，後棒又至。他腳下加勁，欲待得機轉身，然他縱躍愈快，棒端來得愈急。羣丐但見他飛奔跳躍，大轉圈子，到後來汗流浹背，鬍子上全是水滴。

第二十八回　鐵掌峯頂

此時魯有腳已經醒轉，四長老聚在一起商議。魯有腳道：「現下眞相未明，咱們須得對兩造詳加詢問，當務之急是查實老幫主的生死。」淨衣派三老卻道：「咱們既已奉立幫主，豈能任意更改？我幫列祖列宗相傳的規矩，幫主號令決不可違。」四人爭執不休。魯有腳雙手指骨齊斷，只痛得咬牙苦忍，但言辭中絲毫不讓。

淨衣三老互相打個手勢，走到楊康身旁。彭長老高聲說道：「咱們只信楊幫主的說話。這小妖女幫著奸人害死了洪老幫主，企圖脫罪免死，卻在這裏胡說八道。她妖言惑衆，決不能聽。衆兄弟，把她拿下來好好拷打，逼她招供。」

郭靖躍上台去，叫道：「誰敢動手？」衆人見他神威凜凜，沒人敢上台來。

裘千仞率領徒衆遠遠站著，隔岸觀火，見丐幫內鬨，暗自歡喜。

黃蓉朗聲說道：「洪幫主眼下好端端在臨安大內禁宮之中，只因愛吃御廚食物，不暇分身，是以命我代領本幫幫主之位。待他吃飽喝足，自來與各位相見。」丐幫中無人不知洪幫主嗜吃如命，均想這話倒也有八分相似，只是要她這樣一個嬌滴滴的小姑娘代領幫主之位，卻也太過匪夷所思。

黃蓉又道：「這大金國的完顏小賊邀了鐵掌幫做幫手，暗使奸計害我，偷了幫主的打狗棒來騙人，你們怎麼不辨是非，胡亂相信？我幫四大長老見多識廣，怎地連這一個小小的奸計竟也瞧不破、識不透？」羣丐忽聽她出言相責，不由得望著四大長老，各有相疑之色。

楊康到此地步，只有嘴硬死挺，說道：「你說洪幫主還在人世，他何以命你接任幫主？他要你作幫主，又有甚信物？」黃蓉將竹杖一揮道：「這是幫主的打狗棒，難道還不是信物？」楊康強顏大笑，說道：「哈哈，這明明是我的法杖，你剛才從我手中強行奪去，誰不見來？」黃蓉笑道：「洪幫主倘若授你打狗棒，怎能不授你打狗棒法？要是授了你打狗棒法，這打狗棒又怎能讓我奪來？」

楊康聽她接連四句都提到打狗棒，只道她出言輕侮，大聲說：「這是我幫幫主的法杖，甚麼打狗棒不打狗棒，這麼難聽！休得胡言，褻瀆了寶物。」他自以爲此語甚是得體，可以博得羣丐歡心，豈知這竹棒實是叫作「打狗棒」，胖瘦二丐因敬重此棒，與楊康偕行時始終不敢直呼「打狗棒」之名。他這幾句話明明是自認不知此棒眞名，羣丐立即瞪目相視，均有怒色。楊康已知自己這幾句話說得不對，但不知錯在何處，萬料不到如此重要的一根法杖，竟會有這般粗俗的名字。

黃蓉微微一笑，道：「寶物長，寶物短的，你要，那就拿去。」伸出竹杖，候他來接。楊康大喜，欲待上台取杖，卻又害怕郭靖。彭長老低聲道：「幫主，我們保駕。先拿回來再說。」便即躍上，楊康與簡梁二老跟著上台。魯有腳見黃蓉落單，也躍上台去，雙手垂在身側，心想：「我指骨雖斷，可還有一雙腳。『魯有腳』這名字難道是白叫的嗎？」

黃蓉大大方方將竹杖向楊康遞去。楊康防她使詭，微一遲疑，豎左掌守住門戶，這才接杖。黃蓉撒手離杖，笑問：「拿穩了麼？」楊康緊握杖腰，怒問：「怎麼？」黃蓉突然左手一搭，左足飛起，右手前伸，倏忽間又將竹杖奪了過來。

簡彭梁三長老大驚欲救，竹杖早已到了黃蓉手中，三老均爲武功高手，三人環衛，竟自防護不住，眼睜睜爲她空手搶了過去，不由得又驚又愧。

黃蓉將竹杖往台上一拋，道：「只要你拿得穩，就再取去。」楊康尙自猶豫，簡長老長袖揮出，已將竹杖捲起。這一揮一捲乾淨利落，實非身負絕藝者莫辦。台下羣丐看得分明，已有人喝起采來。簡長老舉杖過頂，遞給楊康。楊康右手運勁，緊緊抓住，心想：「這次你除非把我右手砍了下來，否則說甚麼也不能再給你搶去了。」

黃蓉笑道：「洪幫主傳授此棒給你之時，難道沒教你要牢牢拿住，別輕易給人搶去麼？」格格笑聲之中，雙足輕點，從簡梁二老間斜身而過，直欺到楊康面前。簡長老左腕翻處，反手擒拿，但黃蓉這一躍正是洪七公親授的「逍遙遊」身法，靈動如燕，簡長老這一下便拿了個空，相距如是之近而居然失手，實是他生平罕有之事，心頭只微微一震，便聽得棒聲颯然，橫掃足脛而來。簡梁二老忙躍起避過。黃蓉笑道：「這一招的名稱，可得罪了，叫作『棒打雙犬』！」白衫飄動，俏生生的站在軒轅台東角，那根碧綠晶瑩的竹杖在她手中映著月色，發出淡淡微光。這一次奪杖起落更快，竟沒人看出她使的是甚麼手法。

郭靖高聲叫道：「洪幫主將打狗棒傳給誰了？難道還不明白麼？」台下羣丐見她接連奪棒三次，一次快似一次，不禁疑心大起，紛紛議論。

魯有腳朗聲道：「衆位兄弟，這位姑娘適才出手，當眞是老幫主的功夫。」簡長老和彭梁二人對望一眼，他三人跟隨洪七公日久，知道這確是老幫主的武功。簡長老說道：「她是老幫主的弟子，自然得到傳授，那有甚希奇？」魯有腳道：「自來打狗棒法，非丐幫幫主不傳，簡長老難道不知這個規矩？」簡長老冷笑道：「這位姑娘學得一兩路空手奪白刃的巧招，雖然了得，卻未必就是打狗棒法？」

魯有腳心中也將信將疑，說道：「好，姑娘，請你將打狗棒法試演一遍，倘若確是老幫主眞傳，天下丐幫兄弟自然傾心服你。」簡長老道：「這套棒法咱們都是只聞其名，沒人見過，誰能分辨眞假。」魯有腳道：「依你說怎地？」簡長老雙掌一拍，大聲叫道：「只要這位姑娘以棒法打敗了我這對肉掌，姓簡的死心塌地奉她爲主。若再有二心，教我萬箭透身，千刀分屍。」魯有腳道：「嘿，你是本幫高手，二十年前便已名聞江湖。這位姑娘有多大年紀？她棒法縱精，怎敵得過你數十年寒暑之功？」

兩人正自爭論未決，梁長老性子暴躁，已聽得老大不耐，挺刀撲向黃蓉，叫道：「打狗棒法是眞是假，一試便知。看刀！」呼呼呼連劈三刀，寒光閃閃，這三刀威猛迅捷，但均避開黃蓉身上要害之處，又快又準，不愧是丐幫高手。

黃蓉將竹棒往腰帶中一插，足下未動，上身微晃，避開三刀，笑道：「對你也用得著打狗棒法？你配麼？」左手進招，右手竟來硬奪他手中單刀。

梁長老成名已久，見這乳臭未乾的一個黃毛丫頭竟對自己如此輕視，怒火上沖，三刀一過，立時橫砍硬劈，連施絕招。簡長老此時對黃蓉已不若先前敵視，知道中間必有隱情，只怕梁長老鹵莽從事，傷害於她，叫道：「梁長老，可不能下殺手。」黃蓉笑道：「別客氣！」身形飄忽，拳打足踢，肘撞指戳，瞬息間連變了十幾套武功。

台下羣丐看得神馳目眩。八袋弟子中的瘦丐忽然叫道：「啊，這是蓮花掌！」那胖丐跟著叫道：「咦，這小姑娘也會銅錘手！」他叫聲未歇，台上黃蓉又已換了拳法，台下丐幫中的高手一一叫了出來：「啊，這是幫主的逍遙遊。」「啊哈，她用鐵帚腿法！這招是『垂手破敵』！」

洪七公生性疏懶，不喜收徒傳功，丐幫衆弟子立了大功的，他才傳授一招兩式，作爲獎勵。黎生辦事奮不顧身，也只受傳了降龍十八掌中的一招「神龍擺尾」。洪七公又有一個脾氣，一路功夫傳了一人之後，不再傳給旁人，是以丐幫諸人所學各自不同，只有黃蓉乖巧伶俐，烹飪手段又高，既得他喜愛，又以佳肴美食相羈絆，才在長江之濱的姜廟鎮上學得了他數十套武功，只不過她愛玩貪多，每一路武功只學得幾招。洪七公也懶得詳加指點，眼見黃蓉學得一知半解，徒具形式，卻也不加理會，這時她有心在羣丐之前炫示，將洪七公親傳的本領一一施展，羣丐中有學過的，都情不自禁的呼叫出口。

梁長老刀法精妙，若憑眞實功夫，實在黃蓉之上，只是她連換怪異招數，層出不窮，一時眼花繚亂，不敢進招，只將一柄單刀使得潑水不進，緊緊守住門戶。

刀光拳影中黃蓉忽地收掌當胸，笑道：「認栽了麼？」梁長老未展所長，豈肯服輸？單刀從懷中斗然翻出，縱刃斜削。黃蓉不避不讓，任他這一刀砍下，只聽衆丐齊聲驚呼，簡長老與魯有腳大叫：「住手！」梁長老也已知道不對，急忙提刀上揮，卻已收勢不及，正好砍在黃蓉左肩，暗叫：「不好！」這一刀雖然中間收勁，砍力不沉，卻也非令黃蓉身上受傷不可，正自大悔，突然左腕一痲，嗆啷一聲，單刀已跌落在地。他那裏知道黃蓉身穿軟蝟甲，鋼刀傷她不得，就在他欲收不收、又驚又悔之際，腕後三寸處的「會宗穴」已爲黃蓉使家傳「蘭花拂穴手」拂中。

黃蓉伸足踏住單刀，側頭笑道：「怎麼？」梁長老本以爲這一刀定已砍傷對方，豈知她竟絲毫無損，驚得呆了，不敢答話，急躍退開。楊康說道：「她是黃藥師的女兒，身上穿了刀槍不入的軟蝟甲，那也沒甚麼希奇。」

簡長老低眉凝思。黃蓉笑道：「怎麼？你信不信？」魯有腳連使眼色，叫她見好便收。他瞧出黃蓉武功雖博，功力卻遠不及梁長老深厚，若非出奇制勝，最多也只能打成平手，簡長老武功更在梁長老之上，黃蓉決非他敵手，但見她笑吟吟的不理會自己眼色，甚是焦急，欲待開言，雙手手骨爲裘千仞捏碎，忍了半日，這時更加劇痛難熬，全身冷汗，那裏還說得出話來？

簡長老緩緩抬頭，說道：「姑娘，我來領教，領教！」郭靖在旁見他神定氣閒，手澀步滯，也知黃蓉敵他不過，決意攬在自己身上，拾起綑縛過的牛皮索，搶上幾步，奮力疾揮，牛皮索倏地飛出，捲住簡長老那根給裘千仞插入山石的鋼杖，喝一聲：「起！」那鋼杖爲繩索扯動，激飛而出。

鋼杖向著簡長老從空矯矢飛至，迅若風雷，勢不可當，簡長老知道若伸手去接，手骨立斷，急忙躍開，只怕傷了台下衆丐，大叫：「台下快讓開！」

卻見黃蓉倏地伸出竹棒，棒頭搭在鋼杖腰裏，輕輕向下按落。武學中有言道：「四兩撥千斤」，這一按力道雖輕，卻是打狗棒法中一招「壓扁狗背」的精妙招數，力道恰到好處，竟將鋼杖壓在台上，笑道：「你用鋼杖，我用竹棒，咱倆過過招玩兒。」

簡長老驚疑不已，打定了不勝即降的主意，彎腰拾起鋼杖，杖頭向下，杖尾向上，躬身道：「請姑娘棒下留情。」杖頭向下，是武林中和尊長過招時極恭敬的禮數，意思說不敢平手爲敵，過招乃誠心求教。

黃蓉竹棒伸出，一招「撥狗朝天」，將鋼杖杖頭挑得甩了上來，笑道：「不用多禮，只怕我本領不及你。」這鋼杖是簡長老已使了數十年得心應手的兵刃，給她輕輕一挑，竟爾把持不住，杖頭翻起，砸向自己額角，忙振腕收住，更加暗暗吃驚，當下依晚輩規矩讓過三招，鋼杖一招「秦王鞭石」，從背後以肩爲支，扳擊而下，使的是梁山泊好漢魯智深傳下來的「瘋魔杖法」。

黃蓉見他這一擊之勢威猛異常，只要給他杖尾掃到，縱有蝟甲護身，也難保不受內傷，不敢怠慢，展開師授「打狗棒法」，在鋼杖閃光中欺身直上。鋼杖重逾三十斤，竹棒卻只十餘兩，但丐幫幫主世代相傳的棒法果然精微奧妙，雖兩件兵器輕重懸殊，大小難匹，數招一過，那粗如兒臂的鋼杖竟給一根小竹棒逼得施展不開。

簡長老初時只怕失手打斷本幫的世傳寶棒，出杖極有分寸，當與竹棒將接未觸之際，立即收杖。豈知黃蓉的棒法凌厲無倫，或點穴道，或刺要害，簡長老被迫收杖回擋，十餘合後，四方八面俱是棒影，全力招架尚且不及，那裏還有餘暇顧到不與竹棒硬碰？

郭靖大爲歎服：「恩師武功，確是人所難測。」又想：「他老人家不知此刻身在何處？所受的傷不知好了些沒有？」忽見黃蓉棒法斗變，三根手指捉住棒腰，將竹棒舞成個圓圈，宛似戲耍一般。

簡長老一呆，鋼杖抖起，猛點對方左肩。黃蓉竹棒疾翻，搭在鋼杖離杖頭尺許之處，順勢向外牽引，這一招十成中倒有九成九是借用了對方勁力。簡長老只感鋼杖似欲脫手飛出，忙運勁回縮，那知鋼杖竟如是給竹棒黏住了，鋼杖後縮，竹棒跟著前行。他心中大驚，連變七八路杖法，始終擺脫不了竹棒的黏纏。

打狗棒法共有絆、劈、纏、戳、挑、引、封、轉八訣，黃蓉這時使的是個「纏」字訣，竹棒有如一根極堅韌的細藤，纏住了大樹樹幹，任那樹粗大數十倍，不論如何橫挺直長，休想再能脫卻束縛。更拆數招，簡長老力貫雙膀，使開「大力金剛杖法」，將鋼杖運得呼呼風響，但他揮到東，竹棒跟向東，他打到西，竹棒隨到西。黃蓉毫不用力，棒隨杖行，看來似乎全由簡長老擺布，其實是如影隨形，借力制敵，便如當年郭靖馴服小紅馬之時，任牠暴跳狂奔，始終穩穩坐於馬背。

大力金剛杖法使到一半，簡長老已更無懷疑，正要撤杖服輸，彭長老忽然叫道：「用擒拿手，抓她棒頭。」

黃蓉道：「好，你來抓！」棒法再變，使出了「轉」字訣。「纏」字訣是隨敵東西，這「轉」字訣卻是令敵隨己，但見竹棒化成了一團碧影，猛點簡長老後心「強間」、「風府」、「大椎」、「靈台」、「懸樞」各大要穴。這些穴道均在背脊中心，只要爲棒端點中，非死即傷。簡長老識得厲害，勢在不及回杖相救，只得向前竄躍趨避。黃蓉的點打連綿不斷，一點不中，又點一穴，棒端只在他背後各穴上晃來晃去。

簡長老無法可施，只得向前急縱，可是避開前棒，後棒又至。他腳下加勁，欲待得機轉身，但他縱躍愈快，棒端來得愈急。台下羣丐只見他繞著黃蓉飛奔跳躍，大轉圈子。黃蓉站在中心，舉棒不離他後心，竹棒自左手交到右手，又自右手交到左手，連身子也不必轉動，好整以暇，悠閒之極。簡長老的圈子越轉越大，魯長老與彭梁二長老不得不下台趨避。簡長老再奔了七八個圈子，高聲叫道：「黃姑娘手下容情，我服你啦！」口中大叫，足下可絲毫不敢停步。

黃蓉笑問：「你叫我甚麼？」簡長老忙道：「對，對！小人該死，小人參見幫主。」要待回身行禮，卻見竹棒仍毫不停留的戳來，只得繼續奔跑，到後來汗流浹背，鬍子上全是水滴。黃蓉氣惱已消，也就不爲已甚，笑上雙頰，竹棒縮回，使起「挑」字訣，搭住鋼杖向上甩出，將簡長老疾奔的力道傳到杖上，鋼杖急飛上天。

簡長老如逢大赦，立即撤手，回身深深打躬。台下羣丐見了她這打狗棒法神技，更沒絲毫懷疑，齊聲高叫：「參見幫主！」上前行禮。

簡長老踏上一步，一口唾液正要向黃蓉臉上吐去，卻見她白玉般的臉上透出珊瑚之色，嬌如春花，麗若朝霞，這一口唾液怎吐得上去？一個遲疑，咕的一聲，將唾液嚥入了咽喉，但聽得頭頂風響，鋼杖落將下來，他怕黃蓉疑心，不敢舉手去接，縱身躍開。

人影閃動，一人躍上台來，接住了鋼杖，正是四大長老中位居第三的彭長老。黃蓉爲他用「懾心法」擒住，最是惱恨，見此人上來，正合心意，也不說話，舉棒逕點他前胸「紫宮穴」，要用「轉」字訣連點他前胸大穴，逼他不住倒退，比簡長老適才更加狼狽。彭長老狡猾異常，知道自己武功不及簡長老，他尚不敵，自己也就不必再試，見黃蓉竹棒點來，不閃不避，叉手行禮。

黃蓉將棒端點在他「紫宮穴」上，含勁不發，怒道：「你要怎地？」彭長老道：「小人參見幫主。」黃蓉怒目瞪了他一眼，與他目光相接，不禁心中微微一震，急忙轉頭，但說也奇怪，明知瞧他眼睛必受禍害，可是不由自主的要想再瞧他一眼。一回首，只見他雙目中精光逼射，動人心魄。這次轉頭也已不及，立即閉上眼睛。彭長老微笑道：「幫主，您累啦，您歇歇罷！」聲音柔和，悅耳動聽。黃蓉果覺全身倦怠，心想累了這大半夜，也眞該歇歇了，心念這麼一動，更是目酸口澀，精疲神困。

簡長老這時既已奉黃蓉為幫主，那就要傾心竭力的保她，知道彭長老又欲行使「懾心術」，上前喝道：「彭長老，你敢對幫主怎地？」彭長老微笑，低聲道：「幫主要安歇，她也眞太倦啦，你莫驚擾她。」

黃蓉心知危急，可是全身酸軟，雙眼直欲閉住沉沉睡去，就算天塌下來，也須先睡一覺再說，就在這心智一半昏迷、一半清醒之際，猛然間想起郭靖說過的一句話，立時便似從夢中驚醒，叫道：「靖哥哥，你說眞經中有甚麼『移魂大法』？」

郭靖早瞧出不妙，心想若那彭長老再使邪法，立時上去將他一掌擊斃，聽黃蓉如此說，忙躍上前去，在她耳邊將經文背誦了一遍。

黃蓉聽郭靖背誦經文，叫她依著止觀法門，由「制心止」而至「體眞止」，她內功本有根基，人又聰敏，一點即透，當即閉目默念，心息相依，綿綿密密，不多時即寂然寧靜，睜開眼來，心神若有意，若無意，已至忘我境界。

彭長老見她閉目良久，只道已受了自己言語所惑，昏沉睡去，正自欣喜，欲待再施狡計，突見她睜開雙眼，向著自己微微而笑，便也報以微微一笑，但見她笑得更是歡暢，不知怎地，只覺全身輕飄飄的快美異常，不由自主的哈哈大笑。

黃蓉心想九陰眞經中所載的功夫果然厲害無比，只這一笑之間，已勝過了對方，當下便格格淺笑。彭長老心知不妙，猛力鎮懾心神，那知這般驚惶失措，心神更為難收，眼見黃蓉笑生雙靨，那裏還能自制，站起身來，捧腹狂笑。只聽得他哈哈，嘻嘻，啊哈，啊喲，又叫又笑，越笑越響，笑聲在湖面上遠遠傳了出去。

羣丐面面相覷，不知他笑些甚麼。簡長老連叫：「彭長老，你幹甚麼？怎敢對幫主恁地不敬？」彭長老指著他鼻子，笑得彎了腰。簡長老還道自己臉上有甚古怪，伸袖擦了幾下。彭長老笑得更加猛烈，一個倒翻觔斗翻下台來，在地下大笑打滾。

羣丐這才知不妙。彭長老兩名親信弟子搶上前去相扶，為他揮手推開，自管大笑不停，不到一盞茶時分，已笑得氣息難通，滿臉紫脹。須知「懾心術」或「移魂大法」係以專一強固之精神力量控制對方心靈，原非怪異，後世或稱「催眠術」，或稱「精神治療」等等，只是當時知其然而不知其所以然，自不免驚世駭俗。若是常人，受到這移魂大法，也只昏昏欲睡而已，原無大礙，他卻是正在聚精會神的運起懾心術對付黃蓉，遭她突然還擊，這一來自受其禍，自比常人所受厲害了十倍。

簡長老心想他只要再笑片刻，必致窒息而死，躬身向黃蓉道：「敬稟幫主：彭長老對幫主無禮，原該重懲，但求幫主大量寬恕。」魯有腳與梁長老也躬身相求，求懇聲中雜著彭長老聲嘶力竭的笑聲。

黃蓉向郭靖道：「靖哥哥，夠了麼？」郭靖道：「夠了，饒了他罷。」黃蓉道：

「三位長老，你們要我饒他，那也可以，只是你們大家不得在我身上唾吐。」簡長老見彭長老命在頃刻，忙道：「幫規是幫主所立，也可由幫主所廢，弟子們但憑吩咐。」黃蓉見可免這唾吐之厄，心中大喜，笑道：「好啦，你去點了他穴道。」

簡長老躍下台去，伸手點了彭長老兩處穴道，彭長老笑聲止歇，翻白了雙眼，儘自呼呼喘氣，委頓不堪。

黃蓉笑道：「這我眞要歇歇啦！咦，那楊康呢？」郭靖道：「走啦！」黃蓉跳了起來，叫道：「怎麼讓他走了？那裏去啦？」郭靖指向湖中，說道：「他跟那裘老頭兒走啦。」黃蓉望著湖中帆影，眼見相距已遠，追之不及，恨恨不已，心知郭靖顧念兩代結義之情，眼見他逃走卻不加阻攔。

原來楊康見黃蓉與簡長老剛動上手，便佔上風，知道若不走爲上著，立時性命難保，乘著衆人全神觀鬥之際，悄悄溜到鐵掌幫幫衆之中，央求相救。裘千仞瞧這情勢，黃蓉接任幫主之局已成，無可挽回，郭黃武功高強，丐幫勢大難敵，當下不動聲色，率領幫衆，帶同了楊康下船離島。丐幫弟子中雖有人瞧見，但簡黃激鬥方酣，無人主持大局，只得聽其自去，不予理會。

黃蓉執棒在手，朗聲說道：「現下洪幫主未歸，由我暫且署理幫主事宜。簡、梁兩位長老率領八袋弟子，東下迎接洪幫主。魯長老且在此養傷。」羣丐歡聲雷動。

黃蓉又道：「這彭長老心術不正，你們說該當如何處治？」簡長老躬身道：「彭兄弟罪大，原該處以重刑，但求幫主念他昔年曾爲我幫立下大功，免他死罪。」黃蓉笑道：「我早料到你會求情，好罷，剛才他笑也笑得夠了，革了他的長老，叫他做個四袋弟子罷。」簡、魯、彭、梁四老一齊稱謝，彭長老當即從背上九隻布袋中取下五隻，垂頭喪氣的退在後面。黃蓉道：「衆兄弟難得聚會，定然有許多話說。你們好好葬了黎生、余兆興兩位。我瞧魯長老爲人最好，一應大事暫且全聽他吩咐。簡梁二位長老盡心相助。我這就要走，咱們在臨安府相見罷。」牽著郭靖的手，下山而去。

羣丐直送到山腳下，待她坐船在煙霧中沒了蹤影，方始重上君山，商議幫中大計。

郭黃二人回到岳陽樓時，天已大明，紅馬和雙鵰都好好候在樓邊。

黃蓉舉首遠眺，見一輪紅日剛從洞庭湖連天波濤中踴躍而出，天光水色壯麗之極，笑道：「靖哥哥，范文正公文章說得好：『銜遠山，呑長江，浩浩湯湯，橫無際涯。朝暉夕陰，氣象萬千。』如此景色，豈可不賞？咱們上去再觀賞一會。」郭靖道好，兩人上得樓來觀賞湖上日出，想起夜來種種驚險，相視一笑。

兩人觀看風景，說了幾句閒話，黃蓉忽然俏臉一板，眉間隱現怒色，說道：「靖哥哥，你不好！」郭靖吃了一驚，忙問：「甚麼事？」黃蓉道：「你自己知道，又問我幹嗎？」郭靖搔頭沉思，那裏想得起來，只得求道：「好蓉兒，你說罷。」

黃蓉道：「好，我問你：昨晚咱倆受丐幫陣法擠迫，眼見性命不保，你幹麼撇開我？難道你死了我還能活麼？難道你到今天還不知道我的心麼？」說著眼淚掉了下來，一滴滴的落在地板上。

郭靖見她對自己如此情深愛重，又驚又愛，伸出手去握住她右手，卻不知說甚麼話好，過了好一會，方道：「是我不好，咱倆原該死在一起才是。」

黃蓉輕輕嘆了口氣，正待說話，忽聽樓梯上腳步聲響，有人探頭張望。兩人抬起頭來，猛然照面，三個人都吃了一驚。上來的正是鐵掌水上飄裘千仞。

郭靖急忙站起，擋在黃蓉身前，只怕那老兒暴下殺手。那知裘千仞咧嘴一笑，舉手打個招呼，立即轉身下樓，這一笑中顯得又油滑，又驚慌。黃蓉道：「他怕咱們。這人眞是奇怪，我跟下去瞧瞧。」也不等郭靖回答，已搶步下樓。

郭靖叫道：「千萬小心了！」奔到樓下，早不見裘千仞與黃蓉的影子，想起昨晚見到他功夫之狠、下手之辣，只怕黃蓉遭了他毒手，急叫：「蓉兒，蓉兒，你在那兒？」

黃蓉聽得郭靖呼叫，卻不答應，她悄悄跟在裘千仞身後，要瞧個究竟，只一出聲自然爲他知覺。這時兩人一先一後，正走在一所大宅之旁。黃蓉躲在北牆角後面，要待裘千仞走遠後再行跟蹤。裘千仞聽到郭靖叫聲，料知黃蓉跟隨在後，一轉過牆角，也躲了起來。兩人待了半晌，細聽沒有動靜，同時探頭，一個玉顏如湘水畔芙蓉，一個老臉似洞庭湖橘皮，兩張臉相距不到半尺，兩張臉同時變色。

兩人各自輕叫一聲，轉身便走。黃蓉雖怕他掌力厲害，卻仍不死心，兜著大宅圍牆轉了大半個圈子，生怕他走遠了，展開輕功，奔得極急，要搶在東牆角後面，再行窺探，豈知她轉了這念頭，裘千仞也一般心思，一老一少繞著宅第轉了一圈，驀地裏又撞在一處，這次相遇卻是在朝南的照壁之後。

黃蓉尋思：「我若轉身後退，他必照我後心一掌。這老賊鐵掌厲害，只怕躲避不開。」微微一笑，說道：「裘老爺子，天地眞小，咱倆又見面啦。」暗籌脫身之策：「我且跟他耗著，等靖哥哥趕到就不怕他啦。」裘千仞笑道：「那日在臨安一別，不意又在此處相遇，姑娘別來無恙。」黃蓉心想：「昨晚明明在君山見到你這老賊，今日卻又來信口開河。好，由得你睁著眼睛說夢話。我這打狗棒法厲害，且冷不防打他個措手不及。」突然提高聲音叫道：「靖哥哥你打他背心。」裘千仞吃了一驚，轉身看時，黃蓉竹棒揮出，以「絆」字訣著地掃去。

裘千仞轉身不見有人，便知中計，微感勁風襲向下盤，忙踴身躍起，總算躲過了一招，但這打狗棒法的「絆」字訣有如長江大河，綿綿而至，一絆不中，二絆續至，連環鉤盤，雖只一個「絆」字，中間卻蘊藏著千變萬化。裘千仞越躍越快，但見地下一片綠竹化成的碧光盤旋飛舞。「絆」到十七八下，裘千仞縱身稍慢，給竹棒在左脛上一撥，右踝上一鉤，撲地倒了，張口大叫：「且慢動手，我有話說。」

黃蓉笑吟吟的收棒，待他躍起，尚未落地，又即一挑一打。裘千仞立足不住，仰天一交摔倒。片刻之間，黃蓉連絆了他五交，到第六次跌倒，裘千仞知道再起來只有多摔一交，俯伏在地，竟不動彈。黃蓉笑道：「你裝死嗎？」裘千仞應聲而起，啪的一聲，雙手拉斷了褲帶，提著褲腰，叫道：「你走不走，我要放手啦！」黃蓉一呆，萬料不到他以江湖上一個大幫之主竟會出此下流手段，生怕他放手落下褲子，啐了一口，轉身便走。只聽得背後那老兒哈哈大笑，得意非凡，接著腳步聲響，黃蓉回過頭來，只見他雙手提著褲腰，飛步追來。

黃蓉又好氣又好笑，饒是她智計多端，一時之間也無善策，只得疾奔逃避。兩人奔出十餘丈，裘千仞正待見好便收，忽見郭靖從屋角轉出，搶著擋在黃蓉面前，右掌擋胸，左掌從胯間緩緩抬起，劃個半圓，伸向胸間。裘千仞見多識廣，知他只要雙掌虛捧成球，立時便有極厲害的招術發出，當即大笑三聲，止步叫道：「啊喲，不妙，糟了，糟了。」

黃蓉道：「靖哥哥，打，別理他胡說。」郭靖昨晚在君山之巔見到裘千仞的鐵掌功夫，端的鋒銳狠辣，精妙絕倫，不在周伯通、黃藥師、歐陽鋒諸人之下，自己頗有不如，此時狹路相逢，那敢有絲毫輕敵之意？當下氣聚丹田，四肢百骸無一不鬆，全神待敵。

裘千仞雙手拉住褲腰，說道：「兩個娃娃且聽你爺爺說，這兩日你爺爺貪飲貪食，吃壞了肚子，可又要出恭啦。」黃蓉只叫：「靖哥哥打他。」自己卻不敢向前，反而後退數步。裘千仞道：「我料知你們這兩個娃娃的心意，不讓你爺爺好好施點本事教訓一頓，總是難以服氣，偏生你爺爺近來鬧肚子，到得緊要關頭上，肚子裏的東西總是出來搗亂。好罷，兩個娃娃聽了，七日之內，你爺爺在鐵掌山下相候，你們有種來麼？」

黃蓉聽他爺爺長、娃娃短的胡說，手中早就暗扣了一把鋼針，只待他說到興高采烈的當口，要以「滿天花雨」之技，在他全身釘上數十枚針兒，瞧他還敢不敢亂嚼舌根？就怕他手上中針，鬆手放脫了褲子。正自算計，忽聽到「鐵掌山下」四字，立時想起曲靈風遺畫中的那四行秘字，心中一凜，接口道：「好啊，任你是龍潭虎穴，我們也必來闖上一闖。鐵掌山在那裏？怎生走法？」

裘千仞道：「從此處向西，經常德、辰州，溯沅江而上，瀘溪與辰溪之間有座形如五指向天的高山，那就是鐵掌山了。那山形勢險惡，你爺爺的武功又厲害無比，兩個娃娃倘若害怕，那乘早向你爺爺賠個不是，也就別來啦。」黃蓉聽到「形如五指向天」六字，心中更喜，道：「好，一言爲定，七日之內，我們必來拜山。」裘千仞點點頭，忽然愁眉苦臉，連叫：「啊喲，啊喲！」提著褲腰向西疾趨。

郭靖道：「蓉兒，有一件事我實在推詳不透，你說給我聽。」黃蓉道：「甚麼事？」郭靖道：「這位前輩的武功本來厲害之極，我們決非他敵手，怎麼老是愛玩弄騙人伎倆？有時又假裝武功低微？那日歸雲莊上他在我胸口擊了一掌，倘若他使出眞力，我今日那裏還有命在？他裝瘋喬顚，到底是甚麼用意？」黃蓉輕輕咬著手指，沉思半晌，道：「我也眞個不懂。剛才我用打狗棒法接連絆了他幾交，這老兒毫無還手之力，只有撒賴使潑。莫非昨晚他飛擲鋼杖，又是甚麼詐術！」郭靖搖頭道：「他捏碎魯有腳雙手，用掌力接我內勁，都是眞實本領，決計假裝不來。」

黃蓉俯下身來，拿著頭上珠釵在地下畫來畫去，又過半晌，嘆口氣道：「我可想不出這老兒在鬧甚麼玄虛啦。咱們到了鐵掌山，終究會有個水落石出。」郭靖道：「到鐵掌山幹麼？此間大事已了，咱們快找師父去。這糟老頭兒就愛搗鬼，豈能拿他作眞？」黃蓉道：「靖哥哥，我問你。爹爹給你那幅畫給雨淋濕了，透了些甚麼字出來？」郭靖搔了搔頭道：「那些字殘缺不全，早瞧不出甚麼啦。」黃蓉笑道：「那你不會想麼？」

郭靖明知自己想不出，就算想出甚麼，也決不如黃蓉想得明白，忙道：「好蓉兒，你一定想出了，快說給我聽。」黃蓉用釵兒將那四行字劃在地下，說道：「第一行少了的，必是個『武』字，湊起來就是『武穆遺書』四字。第二行我本來猜想不出，給那老兒一說，那就容易不過，不是『山』字，就是個『峯』字。」

郭靖唸了一遍：「武穆遺書，在鐵掌山。」雙掌一拍，大聲叫道：「好啊，咱們快去！鐵掌幫與金人勾結，定會將這部寶書獻給完顏洪烈。下面兩句是甚麼呢？」黃蓉笑道：「你自己不用心思，偏愛催人家。那老兒說這鐵掌山形如五指，那第三句只怕是『中指峯下』四字。」郭靖拍手叫道：「對對，蓉兒你眞聰明。第四句，第四句！」黃蓉沉吟道：「我就是想不出這句啊。第二……節，第二……節。」頭一側，秀髮微揚，道：「想不出，我們去了再說。」

兩人縱馬引鵰，逕自西行，過常德，經桃源，下沅陵，不一日已到瀘溪，詢問鐵掌山的所在，人人搖頭不知。兩人好生失望，只得尋一家小客店宿了。晚間黃蓉問起當地名勝古蹟，店小二滔滔不絕的說了許多，始終不提「鐵掌山」三字。黃蓉小嘴一撇，說道：「這些去處也平常得緊。瀘溪畢竟是小地方，有甚好山好水？」店小二受激，甚是不忿，道：「瀘溪雖是小地方，可是猴爪山的風景，別處那裏及得上？」黃蓉心中一動，忙問：「猴爪山在那裏？」店小二不再答話，說道：「恕罪則個。」出房去了。

黃蓉追到門口，一把抓住他後心拉了回來，摸出一錠銀子放在桌上，道：「你說個清清楚楚，這銀子就是你的。」店小二怦然心動，伸手輕輕摸了摸銀子，涎臉道：「這麼大的一錠？」黃蓉微笑點頭。店小二低聲道：「小人說就說了，兩位可千萬去不得。

那猴爪山裏住著一羣兇神惡煞，任誰走近離山五里，休想保得性命。」郭黃二人對望一眼，點了點頭。黃蓉道：「那猴爪山共有五個山峯，就像猴兒的手掌一般，是麼？」店小二喜道：「是啊！原來姑娘早知道啦！那可不是小人說的。這五個山峯生得才叫奇怪。」郭靖忙問：「怎樣？」店小二道：「那五座山峯排列得就和五根手指一模一樣，中間的最高，兩旁順次矮下來。這還不奇，最奇的是每座山峯又分三截，就如手指的指節一般。」黃蓉跳了起來，叫道：「第二指節，第二指節。」郭靖大喜，也叫：「正是，正是。」店小二不知所云，呆呆的望著兩人。黃蓉詳細問了入山途徑，把銀子給了他，店小二雙手牢牢捧住，歡天喜地的去了。

黃蓉站起身來，道：「靖哥哥，走罷。」郭靖道：「此去不過六十餘里，小紅馬片刻即至，咱們白日上去拜山爲是。」黃蓉笑道：「拜甚麼山？去盜書。」郭靖叫道：「是啊！我眞傻，想不到這節。」

兩人不欲驚動店中諸人，越窗而出，悄悄牽了紅馬，依著店小二指點的途徑，向東南方馳去。山路崎嶇，道旁長草過腰，極是難行，行得四十餘里，明月在天，遠遠望見五座山峯聳天入雲。小紅馬神駿無儔，不多時便已馳到山腳。

此時近看，但見五座山峯峭兀突怒，確似五根手指豎立在半空之中。居中一峯尤見挺拔。郭靖喜道：「這座山峯和那畫中的當眞一般無異，你瞧，峯頂不都是松樹？」黃蓉笑道：「就只少個舞劍的將軍。靖哥哥，你上去舞一會劍罷。」郭靖笑道：「就可惜我不是將軍。」黃蓉道：「要做將軍還不容易？將來成吉思汗……」說到這裏，便即住口。郭靖明白她本來要說甚麼話，轉過了頭，不敢望她的臉。

兩人將紅馬與雙鵰留在山腳下，繞到主峯背後，見四下無人，施展輕功，撲上山去，行了數里，山路轉了個大彎，斜向西行。兩人順路奔去，道路東彎西曲，盤旋往復，好不怪異，走了一頓飯時分，前面密密麻麻的盡是松樹。

兩人停步商議是逕行上峯，還是入林看個究竟，剛說得幾句，忽見前面林中隱隱透出燈光。兩人打個招呼，放輕腳步，向燈火處悄悄走近。行不數步，突然呼的一聲，路旁大樹後躍出兩名黑衣漢子，各執兵刃，一聲不響的攔在當路。

黃蓉心想：「倘若交手驚動了人，盜書就不易了。」靈機一動，從懷中取出裘千仞的那隻鐵掌，托在手中，走上前去，也是一言不發。兩名漢子向鐵掌一看，臉上各現驚異之色，躬身行禮，閃在道旁。黃蓉出手如電，竹棒突伸，輕輕兩顫，已點中二人穴道，將二人踢入長草叢中，直奔燈火之處。

走到臨近，見是一座三開間的石屋，燈火從東西兩廂透出，兩人掩到西廂，見室內一隻大爐中燃了洪炭，煮著熱氣騰騰的一鑊東西，鑊旁兩個黑衣小童，一個使勁推拉風箱，另一個用鐵鏟翻炒鑊中之物，聽這沙沙之聲，所炒的似是鐵沙。一個鬚髮斑白的老者閉目盤膝而坐，對著鍋中騰上來的熱氣緩吐深吸。這老者身披黃葛短衫，正是裘千仞。他呼吸了一陣，頭上冒出騰騰熱氣，隨即高舉雙手，十根手指上也微有熱氣嬝嬝而上，忽地站起，雙手猛插入鑊。拉風箱的小童本已滿頭大汗，此時更全力拉扯。裘千仞似乎忍熱讓雙掌在鐵沙中熬煉，隔了好一刻，這才拔掌，回手啪的一聲，擊向懸在半空的一隻小布袋。這一掌打得聲音甚響，那布袋竟紋絲不動，殊無半點搖晃。

郭靖暗暗吃驚，心想：「看這布袋，所盛鐵沙不過一升之量，又以細索憑空懸著，他竟一掌打得布袋毫不晃動。此人武功了得，當眞非同小可。」黃蓉卻認定他裝模作樣，又在搗鬼欺人，若非要先去盜書，早已出言譏嘲了。

兩人見他雙掌在布袋上拍一會，在鑊中熬一會，熬一會，又拍一會，再沒別般花樣，黃蓉想看出裘千仞鐵鑊中、手指上的熱氣是怎生弄將出來，看了半天，不知他古怪竅門的所在，心想：「倘若二師父到來，定能一出手便戳穿這老騙子的把戲，我可甘拜下風。」掩到東廂窗下，向裏窺探。

房中坐著一男一女，卻是楊康與穆念慈。郭靖與黃蓉都大為詫異：「怎地穆姊姊也在這裏？」但聽楊康正花言巧語，要騙她早日成親。穆念慈卻堅說要他先殺完顏洪烈，報了父母之仇，方能敘兒女之情。楊康道：「好妹子，你怎地如此不識大體？」穆念慈奇道：「我不識大體？」楊康道：「是啊！想那完顏洪烈防護甚週，以我一人之力，豈能輕易下手？你做了我媳婦，我假意帶你去拜見翁舅，那時既可近身，且兩人聯手，自然大功可成。」穆念慈聽他說得有理，低首沉吟，燈光下雙頰暈紅。楊康見她已有允意，握住她的右手，輕輕撫摸，左手伸過去摟住了她纖腰。

黃蓉再也忍耐不住，正待出言揭破他的陰謀，忽聽身後一個蒼老的聲音喝道：「是誰擅自上我山來？」

郭黃一齊回首，月光下看得明白，不是裘千仞是誰？以往見到裘千仞，他雖自高自大，裝模作樣，卻總掩不住眼神中的油腔滑調，此刻卻見他神色儼然，威嚴殊不可犯。黃蓉不由得一怔，心想：「這老兒到了自己山上，架子更加擺得十足。是了，他定是早就發覺我們到了山上，他在鐵鑊中搞那玩意，不是做給我們看的嗎？」笑道：「裘老爺子，我跟你請安來啦。七日之約沒誤期麼？」裘千仞怒道：「甚麼七日之約？胡說八道！」黃蓉笑道：「咦，怎麼轉眼就忘了？你鬧肚子的病根兒好了罷？要是還沒好，不如去請大夫治好了再跟我動手，免得……嘻嘻！」

裘千仞更不答話，一聲長嘯，雙掌猛往黃蓉左右雙肩拍去。黃蓉笑嘻嘻的並不理會，不閃不避，有心要叫軟蝟甲上的尖刺在他掌上刺出十多個窟窿，猛聽得郭靖驚呼：「蓉兒閃開。」耳旁一股勁風過去，知道郭靖出手側擊敵人，肩上兩股巨力同時撞到，欲待趨避，已自不及，身不由主的往後摔去，人未著地，氣息已閉。

裘千仞掌心與她蝟甲尖刺一觸，也已受傷不輕，雙掌流血，驚怒交集，見郭靖掌到，急忙迴掌橫擊。兩人掌力相交，砰砰兩聲，各自退出三步。裘千仞穩穩站住，郭靖卻連晃兩下。那晚在君山借著丐幫弟子的身子較勁，兩人似乎打成平手，然而那是由於郭靖手上帶著天罡北斗陣的巧勁，此刻硬碰硬的比拚，畢竟輸了一籌。郭靖關切黃蓉，不敢戀戰，忙俯身將她抱起，背後風聲颯然，敵人又已攻到。

郭靖左手抱住黃蓉，更不回身，右手一招「神龍擺尾」向後揮去，這是降龍十八掌中的救命絕招，他在情急之下使出，更威力倍增。裘千仞與他掌力相交，身子微晃，又見掌心刺破處著實疼痛，怕黃蓉身上所藏尖刺中餵有毒藥，忙舉掌在月光下察看，見血色鮮紅，略覺放心。

郭靖乘他遲疑之際，抱起黃蓉，拔步向峯頂飛跑，奔出數十步，猛聽得身後喊聲大作，回頭下望，見無數黑衣漢子高舉火把追來。郭靖後無退路，只得向峯頂攀上，忙亂中一探黃蓉鼻息，竟無呼吸，急叫：「蓉兒，蓉兒！」始終未聞回答。只這麼稍有稽遲，裘千仞與幫中十餘高手已追得相距不遠。郭靖心想：「若憑我一人，硬要闖下山去，原亦不難，但蓉兒身受重傷，難犯此險。」

當下足底加快，再不依循峯上小徑，逕自筆直的往上爬去。他在大漠懸崖上練過爬山輕功，抄的又是近路，過不多時已將追兵拋遠。他足下不停，將臉挨過去和黃蓉臉頰相觸，覺到尚甚溫暖，稍感放心，叫了幾聲，黃蓉仍不答應，抬頭見離峯頂已近，心想這山峯周圍不廣，此時四下裏必已爲敵人團團圍住，且找個歇足所在，救醒蓉兒再說。上下左右張望，見左上方二十餘丈處黑黝黝的似有個洞穴，當即提氣竄去，奔到臨近，果然是個山洞，洞口似乎砌以玉石，修建得極是齊整。

郭靖也不理洞內有無埋伏危險，直闖進去，將黃蓉輕輕放落，右手按住她後心「靈台穴」，緩緩送過內力，助她順氣呼吸。山腰裏鐵掌幫的幫衆愈聚愈多，喊聲大振，郭靖充耳不聞，此時縱然有千軍萬馬衝到，也要先救醒黃蓉，再作理會。約莫過了一盞茶時分，黃蓉「嚶」的一聲，悠悠醒來，低聲叫道：「我胸口好疼。」

郭靖大喜，慰道：「蓉兒別怕，你在這裏歇一陣。」走到洞口，橫掌當胸，決心拚死拒敵，放眼下望，不由得驚奇萬分。山腰裏火把結成整整齊齊的一道火牆，離山洞約有半里，各人面目依稀可辨，當先一人身披葛衫，正是裘千仞。衆人雙腳宛如釘牢在地下一般，儘管呼喝怒罵，卻無人上前一步。

望了一陣，猜不透衆人鬧甚麼玄虛，回進洞來，俯身去看黃蓉，忽聽身後擦擦兩聲，似是腳步聲響。郭靖大驚，迴掌護住後心，挺腰轉身，山洞黑沉沉的望不見底，不知裏面藏的是人是怪。郭靖喝道：「是誰？快出來。」洞裏先傳出他呼喝的回聲，靜了半晌，忽然傳出幾下咳嗽，一聲大笑，竟然便似裘千仞的聲音。

郭靖晃亮火摺，洞內大踏步走出一人，身披葛衫，手執蒲扇，鬚髮斑白，正是鐵掌水上飄裘千仞。郭靖一驚非小，適才明明見到他在山腰裏率衆叫罵，怎麼一轉眼之間竟已到了山洞之內？只覺背上涼颼颼地，已嚇出了一身冷汗。

裘千仞哈哈笑道：「兩個娃娃果然不怕死，來找爺爺，好得很！膽子不小，挺有骨氣，好得很！」突然臉一板，眉目間猶似罩上一層嚴霜，喝道：「這是鐵掌幫的禁地，入者有死無生，兩個娃娃活得不耐煩了？」郭靖心中正琢磨他這話的意思，卻聽黃蓉輕聲道：「既是禁地，你怎麼又進來啦？」裘千仞登時神色尷尬，說道：「爺爺有要事在身，可沒閒功夫跟你娃娃們扯談。」說著搶步出洞。

郭靖見他快步掠過身旁，只怕他猛下毒手，傷了黃蓉，心想：「此時先下手爲強，後下手遭殃。」雙手齊出，猛往他肩頭擊去，料他必要回掌擋架，立時便以肘鎚撞他前胸。這一招是妙手書生朱聰所授，先著擊肩乃虛，後著肘鎚方實，妙在後著含蘊不露，敵人不易識破。他先著擊出，裘千仞果然回掌擋架，郭靖兩臂一挺，肘鎚正要撞出，突覺對方雙掌擋來軟弱無力，全不似適才交鋒時那般勁在掌先的上乘功夫。郭靖手上變招遠比想事爲速，心中尙未想定該當如何，雙手順勢抓出，已將他兩隻手腕牢牢拿住。

裘千仞用力掙扎，卻那裏掙得出他的掌握？他不掙也還罷了，這一掙更顯露了他武功淺薄。郭靖再無懷疑，兩手一放一拉，待裘千仞爲這一拉之勢牽動，跌跌撞撞的衝將過來，順手便點了他胸口的「陰都穴」。裘千仞癱軟在地，動彈不得，說道：「我的小爺，這當口性命交關，你何苦還跟我鬧著玩？」

山腰中幫眾的喊聲更加響亮，顯是聚集的幫眾人數又增。郭靖道：「你好好送我們下山去。」裘千仞皺眉搖頭說道：「我自己尚且性命不保，怎能送你們下山？」郭靖道：「你叫你徒子徒孫讓道，到了山下，我自然給你解開穴道。」裘千仞愁眉苦臉，說道：「我的小爺，你老磨著我幹麼？你到洞口去瞧瞧就明白啦。」

郭靖走到洞口，向下望去，不由得驚得呆了，但見裘千仞手揮蒲扇，正站在幫眾之前，向著洞口頓足而罵。郭靖急忙回頭，見裘千仞仍好端端的臥在地下，奇道：「你……你……怎麼有兩個你？」

黃蓉低聲道：「傻哥哥，你還不明白，有兩個裘千仞啊，一個武功高強，一個卻就會吹牛。他倆生得一模一樣。這是個淨長著一張嘴的。」

郭靖又呆了半晌，這才恍然大悟，向裘千仞道：「是不是？」

裘千仞苦著臉道：「姑娘既說是，就算是罷。我們倆是雙生兄弟，我是哥哥。本來武功是我強，後來我兄弟的武功也就跟著了不得起來啦。」郭靖道：「那麼到底誰是裘千仞？」裘千仞道：「名字不同，又有甚麼干係？是我叫千仞還是他叫千仞，不都一樣？咱倆兄弟要好，從小就合用一個名兒。」郭靖道：「快說，到底誰是裘千仞？」黃蓉道：「那還用問？自然他是冒充字號的。」郭靖道：「哼，老傢伙，那麼你叫甚麼？」

裘千仞挨不過，只得道：「記得先父也曾給我另外起過一個名兒，叫甚麼『千丈』。我唸著不好聽，也就難得用它。」郭靖一笑，道：「哈，那你就是裘千丈，不用賴啦。」裘千丈面不紅，耳不赤，洋洋自如，說道：「人家愛怎麼叫就怎麼叫，你管得著麼？十尺為丈，七尺為仞，倒還是『千丈』比『千仞』長了三千尺。」黃蓉道：「我瞧你倒是改名為千分、千厘好些。」

郭靖道：「怎麼他們儘在山腰裏吶喊，卻不上來？」裘千丈道：「不得我號令，誰敢上來？」郭靖將信將疑。黃蓉道：「靖哥哥，不給他些好的，諒這狡猾老賊也不肯吐露眞情。你點他『天突穴』！」郭靖依言伸指點去。

這「天突穴」屬奇經八脈中的陰維脈，在咽喉之下，「璇璣穴」上一寸之處，是陰維任脈之會，一經點中，裘千丈只覺全身皮下似有千萬蟲蟻亂爬亂咬，痲癢難當，連叫：「啊唷，啊唷，你……你這不是坑死人麼？作這等陰賊損人勾當。」郭靖道：「快回答我的話，就給你解開。」裘千丈叫道：「好罷，爺爺拗不過你這兩個娃娃。」忍著痲癢，說出眞情。

原來裘千丈與裘千仞是同胞孿生兄弟，幼時兩人性情容貌，全無分別。到十三歲上，裘千仞無意之間救了鐵掌幫上官幫主的性命。那上官幫主感恩圖報，將全身武功傾囊相授。裘千仞練功勤奮，到得二十四歲時，功夫寖尋有青出於藍之勢，次年上官幫主逝世，臨終時將鐵掌幫幫主之位傳了給他。

上官幫主心存忠義，志圖恢復，裘千仞卻一心一意只潛心武學，武功越練越高，闖蕩江湖，鐵掌水上飄的名頭威震武林。當年華山論劍，王重陽等曾邀他參預。裘千仞以鐵掌神功尚未大成，自知非王重陽敵手，謝絕赴會，十餘年來隱居在鐵掌峯下閉門苦練，有心要在二次論劍時奪取「武功天下第一」的榮號。

兩兄弟幼時形貌既似，脾氣性格亦幾乎無甚異樣，分別練功之後，竟大不相同。一個武藝日進，一個自愧不如之餘，從此不練武功，愈來愈愛吹牛騙人。一個隱居深山，一個乘機打起兄弟的招牌在外招搖。郭靖與黃蓉在歸雲莊、臨安府等地所遇到的是裘千丈，而在君山丐幫大會、鐵掌山所遇的卻是裘千仞。只因二人容貌打扮一般無異，黃蓉難以分辨，竟爲裘千仞鐵掌震傷。

這鐵掌山中指峯是鐵掌幫歷代幫主埋骨的所在，幫主臨終時自行上峯待死。幫中有一條極嚴厲的幫規，任誰進入中指峯第二指節地區以內，決不能再活著下峯。倘若幫主喪命在外，須由一名幫中弟子負骨上峯，然後自刎殉葬，幫中弟子都認爲是極大榮耀。郭靖背著黃蓉，慌不擇路，誤打誤撞的闖入了鐵掌幫聖地，是以幫衆只管忿怒呼叫，卻不敢觸犯禁條，追上峯來。連幫主裘千仞自己，空有一身武功，也惟有高聲叫罵而已。

那裘千丈卻何以又敢來到石室之中？原來鐵掌幫每代幫主臨終之時，必帶著他心愛的寶刀寶劍、珍物古玩上峯，一代又復一代，石室中寶物自積得不少。裘千丈數月來累累受辱，自思藝不如人，但若有幾件削鐵如泥的利刃，臨敵交鋒之時自可威力大增，想到郭黃日內就要找上山來，難以抵敵，於是冒險偷入石室盜寶，料想鐵掌幫中無人敢上中指峯禁地，決不致敗露，豈道無巧不巧，偏遇上了郭黃二人。

郭靖聽他說完，沉吟不語，心想：「此處既是禁地，敵人諒必不敢逼近，但這山峯穿雲插天，四下無路可走，如何得脫此難？」黃蓉忽道：「靖哥哥，你到裏面探探去。」郭靖說道：「我先瞧瞧你傷勢。」打火點燃一根枯柴，解開她肩頭衣服和蝟甲，只見雪白的雙肩上各有一個烏黑的五指印痕，受傷著實不輕，若非身有蝟甲相護，這兩掌已要了她性命。郭靖心想：「歐陽鋒與裘千仞的功力在伯仲之間，當日恩師硬接西毒的蛤蟆功，傷重難愈，蓉兒好在隔了一層蝟甲至寶，其時我又在旁側擊，卸了裘千仞不少掌力，但恩師抵禦之功與蓉兒卻又大不相同。看來蓉兒此傷與恩師所受的相去無幾，重於我在皇宮中所受西毒的一擊，九陰眞經所載的通息療傷之法不知是否有用，如何才能痊可？」手執枯柴，呆呆出神。

裘千丈大叫：「娃娃說話是放屁麼？還不快給爺爺解開穴道？這般又痲又癢，有誰抵得住了？你倒自己點了這穴道試試。」郭靖想著黃蓉的傷勢，竟沒聽見。

黃蓉微微一笑，道：「傻哥哥，你急甚麼？給老傢伙解了穴道罷。」郭靖這才覺醒，過去解開了他的「天突穴」。裘千丈身上痲癢漸止，可是「陰都穴」仍遭閉住，躺在地下只有吹鬍子突眼珠的份兒。

郭靖找了一根兩尺來長的松柴，燃著了拿在手中，道：「蓉兒，我進去瞧瞧，你獨自在這兒，可害怕麼？」黃蓉身上冷一陣、熱一陣，疼痛難當，怕郭靖擔憂，強作笑容，說道：「有老傢伙陪著，我不怕，你去罷。」

郭靖高舉松柴，一步步向內走去，轉了兩個彎，前面赫然現出一個極大洞穴。這石洞係天然生成，較之外面人工開鑿的石室大了十來倍。放眼瞧去，洞內共有十餘具骸骨，或坐或臥，神態各不相同，有的骸骨散開在地，有的卻仍具完好人形，更有些骨罈靈位之屬。每具骸骨之旁都放著兵刃、暗器、用具、珍寶等物。郭靖呆望半晌，心想：「這十多位幫主當年個個是一世之雄，今日卻盡數化作一團骸骨，總算大夥兒有伴，倒也不嫌寂寞。對，這法兒挺好，勝過獨個兒孤另另的埋在地下。」

他見到諸般寶物利器，猶似不見，只掛念著黃蓉，正要轉身退出，忽見洞穴東壁一具骸骨上放著一隻木盒，盒上似乎有字。他走上數步，拿松柴湊近照去，只見盒上刻著

「破金要訣」四字，他心中一動：「說不定這就是岳武穆王的遺書了。」伸左手去拿木盒，輕輕一提，喀喀數聲，那骸骨突然迎頭向他撲將下來。

郭靖一驚，急向後躍，骸骨撲在地下，四下散開。

郭靖拿了木盒，奔到外室，將松柴插入地下孔隙，扶起黃蓉，在她面前將木盒揭開，盒內果然是兩本冊子，一厚一薄。郭靖拿起面上那本薄冊，翻了開來，原來是岳飛歷年的奏疏、表檄、題記、書啓、詩詞。郭靖隨手翻閱，但見一字一句之中，無不忠義之氣躍然，不禁大聲讚嘆。黃蓉低聲道：「你讀一段給我聽。」

郭靖順手一翻，見一頁上寫著「五嶽祠盟記」五字，讀道：

「自中原板蕩，夷狄交侵，余發憤河朔，起自相台，總髮從軍，歷二百餘戰。雖未能遠入荒夷，洗蕩巢穴，亦且快國讎之萬一。今又提一旅孤軍，振起宜興。建康之戰，一鼓敗虜，恨未能使匹馬不回耳。故且養兵休卒，蓄銳待敵，嗣當激勵士卒，功期再戰，北踰沙漠，喋血虜廷，盡屠夷種，迎二聖歸京闕，取故土下版圖，朝廷無虞，主上奠枕，余之願也。河朔岳飛題。」

這篇短記寫盡了岳飛一生的抱負。郭靖識字有限，但胸中激起了慷慨激昂之情，雖有幾個字讀錯了音，竟也把這篇題記讀得聲音鏗鏘，甚是動聽。

倘若當日在歸雲莊上，裘千丈少不免要譏諷幾句，說岳飛不識時務，一片愚忠，於國於民皆無補益，但此刻身上穴道未解，只要有一言惹惱了郭靖，他多半又會再點自己的「天突穴」，岳飛識不識時務並不相干，自己卻非大大的識時務不可，當下連連點頭，讚道：「文章做得好，讀也讀得好，英雄文章英雄讀，相得益彰。」

黃蓉嘆道：「怪不得爹爹常說，只恨遲生了數十年，不能親眼見到這位大英雄。你再讀讀他的詩詞。」郭靖順次讀了幾首，〈滿江紅〉、〈小重山〉等詞黃蓉是熟知的，〈題翠光寺〉、〈贈張完〉等詩她卻從未見過。

山腰間鐵掌幫喊聲不歇，郭靖讓黃蓉枕在自己腿上，藉著松柴火光，朗聲誦讀岳飛的遺詩：「題目是〈題鄱陽龍居寺〉：**巍石山前寺，林泉勝復幽。紫金諸佛相，白雪老僧頭。潭水寒生月，松風夜帶秋。我來囑龍語，爲雨濟民憂。**」只聽得風動林木，山谷鳴響，黃蓉驟感寒意，偎在郭靖懷中，她只須輕輕偎倚，軟蝟甲便不刺人。郭靖出神道：「岳武穆王念念不忘百姓疾苦，這才是大英雄、眞豪傑啊。」

黃蓉嗯了一聲，微笑道：「大英雄的詩，小英雄來讀，旁邊還有一位老英雄躺在地下聽著，那更錦上添花。」裘千丈忙道：「老英雄可不敢當，女英雄倒是眞的！」黃蓉嘻嘻一笑，問郭靖道：「另一本册子裏寫著些甚麼？」郭靖拿起看了幾行，喜道：「這……這只怕便是岳武穆王親筆所書的兵法。完顏洪烈那奸賊作夢也想著的，就是這部書了。天幸沒叫那奸賊得了去。」只見第一頁上寫著十八個大字，曰：「**重蒐選，謹訓**

習，公賞罰，明號令，嚴紀律，同甘苦。」

正待細看，忽然山腰間鐵掌幫徒喊聲陡止，四下裏除了山巔風響，更沒半點聲息。適才幫衆的叫罵聲、吶喊聲始終不斷，此刻忽爾停歇，反覺十分怪異。

郭靖與黃蓉側耳傾聽，過了片刻，靜寂中隱隱傳來噼噼啪啪的柴草燃燒之聲，裘千丈連珠價叫起苦來，叫道：「今日爺爺這條老命，送在你這兩個小娃娃手中了。」情急之下，把「大英雄和女英雄」又叫作了「小娃娃」。郭靖搶出洞去，只見幾排火牆正燒上峯來。山峯四周圍盡是密林長草，這一著火，轉眼間便要成爲一片火海。

郭靖立時省悟：「他們不敢進入禁地，便使火攻。山洞中無著火之物，不致焚毀，可是咱們三個卻要活活的給烤成焦炭了。」急忙回身抱起黃蓉，只聽裘千丈躺在地下破口大罵，在他腰眼裏輕輕踢了兩腳，解開他穴道，讓他自行逃走，將木盒和兩本册子揣在懷裏，不敢逗留，逕往峯頂爬去。

石穴是在中指峯的第二指節，離峯頂尙有數十丈之遙。郭靖凝神提氣，片刻之間攀登峯頂。裘千丈也跟著一步步的挨上來。郭靖回頭向下望去，見火燄正緩緩燒上，雖一時不致便到，終究難以脫身，不由得長嘆一聲。

黃蓉忽道：「岳武穆王名飛，字鵬舉，咱們來個鵬舉，好不好？」郭靖問道：「甚麼鵬舉？」黃蓉道：「叫鵰兒負了咱們飛下去啊。」

郭靖喜得跳起，叫道：「那當眞好玩。我喚鵰兒上來，只不知鵰兒有沒這力氣。」黃蓉嘆道：「反正是死，只好冒險一試。」郭靖盤膝坐定，凝聚中氣，在丹田盤旋片刻，從喉間一吐而出，嘯聲遠遠傳出，正是馬鈺當年授他的全眞派玄門內功，他修習九陰眞經後，功力更爲精進。中指峯自峯頂至峯腳相距何止數里，嘯聲發出，過不多時便白影臨空，雙鵰在月光下、嘯聲中乘風而至，停在二人面前。

郭靖爲黃蓉解下身上軟蝟甲，扶她伏在雌鵰背上，怕她傷後無力扶持，用衣帶將她身子與鵰身縛住，然後自己伏上雄鵰之背，摟住鵰頸，一聲呼嘯，雙鵰振翅而起。兩人斗然憑虛臨空，雙鵰一飛離地，立感平穩異常。郭靖初時還怕自己身子重，鵰兒未必負荷得起，豈知白鵰雙翅展開，竟並無急墮之象。

黃蓉究是小孩心性，心想這是天下奇觀，可得讓裘千丈那老兒瞧個仔細，輕拉鵰頸，要牠飛向裘千丈身旁。雌鵰依命飛近。裘千丈正自慌亂，眼見之下，不禁又驚又羨，叫道：「好姑娘，也帶我走罷。大火便要燒上來，老兒可活不成啦！」

黃蓉笑道：「我這鵰兒負不起兩人。你求你弟弟救你，不就成啦？你比他多三千尺，他非聽你號令不可。」輕拍鵰頸，轉身飛開。裘千丈大急，叫道：「好姑娘，你瞧我這玩意兒有趣不？」黃蓉好奇心起，拉鵰回頭，要瞧瞧他有甚麼玩意。裘千丈突然和身向前猛撲，飛離山峯，撲向黃蓉，抱住了她腰背。他知倘若衝下峯去，縱能脫出火圈，但私入禁地，犯了幫中嚴規，莫說是幫主的兄弟，縱是幫主本人，也未必能夠活命，這時便想再深入石洞避火，來路也已爲大火阻斷，是以不顧一切的要搶上鵰背逃走。

白鵰雖然神駿，畢竟負不起兩人，黃蓉給裘千丈一抱住，白鵰立時向峯下深谷急落。白鵰雙翅奮力撲打，始終支持不住。裘千丈抓住黃蓉後心，用力要將她摔下鵰背，但她身子用衣帶縛在鵰上，急切間摔她不下。黃蓉手足受縛，也難回手。眼見二人一鵰都要摔入深谷，粉身碎骨。

鐵掌幫幫衆站在山腰看得明白，個個駭得目瞪口呆，做聲不得。

正危急間，那雄鵰負著郭靖疾撲而至，鋼喙啄去，正中裘千丈頂門。那老兒斗然間頭頂劇痛，伸手抵擋，就只這麼一鬆手，已一連串的觔斗翻將下去，長聲慘呼從山谷下傳將上來。

雌鵰背上斗輕，縱吭歡唳，振翅直上。雙鵰負著二人，比翼北去。

注：岳飛〈滿江紅〉詞膾炙人口，但不見於宋人記載。岳飛之孫岳珂編集《金陀粹編》及《經進家集》，遍錄岳飛之詩文奏章，此詞並未收入。此詞最早見於明人著作，有人疑爲明人僞作。惟說部小說非學術著作，於此不必深究，故仍假定爲岳飛所作。

只見長桌上七盞油燈排成天罡北斗之形，地下蹲著一個頭髮花白的女子，凝目瞧著地下一根根無數竹片，顯然正自潛心思索，雖聽得有人進來，卻不抬頭。

第二十九回　黑沼隱女

郭靖在鵰背連聲呼叫，召喚小紅馬在地下跟來。轉眼之間，雙鵰已飛出老遠。雌雄雙鵰形體雖巨，背上負了人畢竟難以遠飛，不多時便即不支，越飛越低，終於著地。郭靖躍下鵰背，搶過去看黃蓉時，見她在鵰背上竟已昏迷過去，忙解開縛著她的衣帶，爲她推宮過血。好一陣子，黃蓉才悠悠醒轉，但昏昏沉沉的說不出一句話來。

這時烏雲滿天，把月亮星星遮得沒半點光亮，郭靖死裏逃生，回想適才情景，兀自心有餘悸，雙手抱著黃蓉站在曠野之中，天地茫茫，不知如何是好。卻又不敢呼召小紅馬，生怕裘千仞聞聲先至。

呆立半晌，只得信步而行，舉步踏到的盡是矮樹長草，那裏有路？每走一步，荊棘都鉤刺到小腿，他也不覺疼痛，走了一陣，四周更加漆黑一團，縱然盡力睜大眼睛，也難見物，一步一步走得更慢，只恐一個踏空，跌入山溝陷坑，但怕鐵掌幫衆追蹤，卻也不敢停步。這般負著黃蓉苦苦走了二里有餘，突然左首現出一顆大星，在天邊閃閃發光。他凝神望去，想要辨別方向，卻看出那大星並非天星，而是一盞燈火。

既有燈火，必有人家。郭靖好不欣喜，背負黃蓉加快腳步，筆直向著燈火趕去，急行里許，但見黑沉沉的四下裏都是樹木，原來燈火出自林中。一入林中，再也無法直行，林中小路東盤西曲，少時忽失了燈火所在，密林中難辨方向，忙躍上樹去眺望，卻見燈火已在身後。正是瞻之在前，忽焉在後，郭靖接連趕了幾次，頭暈眼花，始終走不近燈火之處，雙鵰一馬也不知到了那裏，他這時已知是林中道路作怪，欲待從樹頂上縱躍過去，黑暗中卻看不清落足之處，又怕樹枝擦損了黃蓉。但如不去投宿，總不能在這黑森林中坐待天明，心想不可這般沒頭蒼蠅般瞎撞，且定一定神再說，當下站著調勻呼吸，稍歇片刻。

這時黃蓉神智已然清醒，讓郭靖負著這麼東轉西彎，亂闖直奔，雖瞧不到周遭情勢，卻已摸清林中道路，輕聲道：「靖哥哥，向右前方斜角走。」郭靖喜問：「蓉兒，你還好嗎？」黃蓉嗯了一聲，沒力氣說話。郭靖依言朝右前方斜行，黃蓉默默數著他腳步，待數到十七步，道：「向左走八步。」郭靖依言而行。黃蓉又道：「再轉身倒走十三步。」

一個指點，一個遵循，二人在伸手不見五指的樹林之中曲折前行。剛才郭靖這般一陣來回奔行，黃蓉已知林中道路，乃由人工布置而成。黃藥師五行奇門之術極盡精妙，傳給了女兒的也有幾成。林中道路愈奇幻，她愈能閉了眼說得清清楚楚，倘是天然路徑，她既從未到過，在昏黑之中，縱是一條最平坦無奇的小徑，卻也辨認不出了。

這般時而向左，時而轉右，有時更倒退數步，似乎越行越迂迴迢遙，豈知不到一盞茶時分，燈火赫然已在眼前。

郭靖大喜，向前直奔。黃蓉急叫：「別莽撞！」郭靖「啊喲」一聲，雙足已陷入泥中，直沒至膝，忙提氣後躍，硬生生把兩隻腳拔了出來，一股污泥臭味極是刺鼻，向前望去，眼前一團茫茫白霧裹著兩間茅屋，燈光便從茅屋中射出。

郭靖高聲叫道：「我們是過往客人，生了重病，求主人行個方便，借地方稍歇，討口湯喝。」過了半晌，屋中寂然無聲，郭靖再說一遍，仍沒人回答。說到第三遍後，方聽得茅屋中一個女人聲音說道：「你們既能來到此處，必有本事進屋，難道還要我出來迎接嗎？」語聲冷淡異常，顯是不喜外人打擾。

若在平時，郭靖寧可在林中露宿一宵，也不願故意去惹人之厭，此時卻救傷要緊，然眼前一大片污泥，不知如何過去，低聲與黃蓉商量。

黃蓉想了片刻，道：「這屋子是建在一個污泥湖沼之中。你瞧瞧清楚，那兩間茅屋是不是一方一圓。」郭靖睜大眼睛望了一會，喜道：「是啊！蓉兒你甚麼都知道。」黃蓉道：「走到圓屋之後，對著燈火直行三步，向左斜行四步，再直行三步，向右斜行四步。如此直斜交差行走，不可弄錯。」郭靖依言而行。落腳處果然打有一根根木樁。只是有些虛晃搖動，或歪或斜，若非他輕功了得，只走得數步便已摔入了泥沼。

他凝神提氣，直三斜四的走去，走到一百一十九步，已繞到了方屋之前。那屋卻無門戶，黃蓉低聲道：「從此處跳進去，在左首落腳。」郭靖背著黃蓉越牆而入，落在左首，不由得一驚，暗道：「果然一切全在蓉兒料中。」

原來牆裏是座院子，分為兩半，左半是實土，右一半卻是水塘。

郭靖跨過院子，走向內堂，堂前是個月洞，仍無門扉。黃蓉悄聲道：「進去罷，裏面再沒古怪啦。」郭靖點點頭，朗聲說道：「過往客人冒昧進謁，實非得已，請賢主人大度包容。」說畢停了片刻，才走進堂去。

只見當前一張長桌，上面放著七盞油燈，排成天罡北斗之形。地下蹲著一個頭髮花白的女子，身披麻衫，凝目瞧著地下一根根無數竹片，顯然正自潛心思索，雖聽得有人進來，卻不抬頭。

郭靖將黃蓉輕輕放在一張椅上，燈光下見她臉色憔悴，全無血色，心中憐惜，欲待開口討碗湯水，但見那老婦全神貫注，生怕打斷了她思路，一時不敢開口。

黃蓉坐了片刻，精神稍復，見地下那些竹片都是長約四寸，闊約二分，知是計數用的算子。再看那些算子排成商、實、法、借算四行，暗點算子數目，知她正在計算五萬五千二百二十五的平方根，這時「商」位上已計算到二百三十，但見那老婦撥弄算子，正待算那第三位數字。黃蓉脫口道：「五！二百三十五！」

那老婦吃了一驚，抬起頭來，一雙眸子精光閃閃，向黃蓉怒目而視，隨即又低頭撥弄算子。這一抬頭，郭黃二人見她容色清麗，不過四十左右年紀，想是思慮過度，是以鬢邊早見華髮。那女子撥弄了一會，果然算出是「五」，抬頭又向黃蓉望了一眼，臉上驚訝的神色迅即消去，又現怒容，似乎是說：「原來是個小姑娘。你不過湊巧猜中，何足為奇？別在這裏打擾我的正事。」順手將「二百三十五」五字記在紙上，又計下一道算題。

這次是求三千四百零一萬二千二百二十四的立方根，她剛將算子排為商、實、方法、廉法、隅、下法六行，算到一個「三」，黃蓉輕聲道：「三百二十四。」那女子「哼」了一聲，那裏肯信？布算良久，約一盞茶時分，方始算出，果然是三百二十四。

那女子伸腰站起，但見她額頭滿佈皺紋，面頰卻如凝脂，頗為白嫩，一張臉以眼為界，上半老，下半少，卻似相差了二十多歲年紀。她雙目直瞪黃蓉，忽然手指內室，說道：「跟我來。」拿起一盞油燈，走了進去。

郭靖扶著黃蓉跟著過去，只見那內室牆壁圍成圓形，地下滿鋪細沙，沙上畫著許多橫直符號和圓圈，又寫著些「太」、「天元」、「地元」、「人元」、「物元」等字。郭靖看得不知所云，生怕落足踏壞了沙上符字，站在門口，不敢入內。

黃蓉自幼受父親教導，頗識曆數之術，見到地下符字，知道盡是些術數中的難題，那是算經中的「天元之術」，雖甚爲繁複，但只要一明其法，也無甚難處（按：即今日代數中多元多次方程式，我國古代算經中早記其法，天、地、人、物四字即西方代數中X、Y、Z、W四個未知數）。黃蓉從腰間抽出竹棒，倚在郭靖身上，隨想隨在沙上書寫，片刻之間，將沙上所列的七八道算題盡數解開。

這些算題那女子苦思數月，未得其解，至此不由得驚訝異常，呆了半晌，忽問：「你是人嗎？」黃蓉微微一笑，道：「天元四元之術，何足道哉？算經中共有一十九元，『人』之上是仙、明、霄、漢、壘、層、高、上、天，『人』之下是地、下、低、減、落、逝、泉、暗、鬼。算到第十九元，方才有點不易罷啦！」

那女子沮喪失色，身子微微搖晃，突然一交坐落細沙，雙手捧頭，苦苦思索，過了一會，忽然抬起頭來，臉有喜色，道：「你的算法自然精我百倍，可是我問你：將一至九這九個數字排成三列，不論縱橫斜角，每三字相加都是十五，如何排法？」

黃蓉心想：「我爹爹經營桃花島，五行生剋之變，何等精奧？這九宮之法是桃花島陣圖的根基，豈有不知之理？」當下低聲誦道：「九宮之義，法以靈龜，二四爲肩，六八爲足，左三右七，戴九履一，五居中央。」邊說邊畫，在沙上畫了個九宮之圖。

那女子面如死灰，嘆道：「只道這是我獨創的秘法，原來早有歌訣傳世。」黃蓉笑道：「不但九宮，即使四四圖，五五圖，以至百子圖，亦不爲奇。就說四四圖罷，十六字依次四行排列，先以四角對換，一換十六，四換十三，後以內四角對換，六換十一，七換十。這般橫直上下斜角相加，皆是三十四。」那女子依法而畫，果然絲毫不錯。

黃蓉道：「那九宮每宮又可化爲一個八卦，八九七十二數，以從一至七十二之數，環繞九宮成圈，每圈八字，交界之處又有四圈，一共一十三圈，每圈數字相加，均爲二百九十二。這洛書之圖變化神妙如此，你或者未曾聽過，其實那也不足爲奇，只不過有人教過我而已。」舉手之間，又將七十二數的九宮八卦圖在沙上畫了出來。

那女子瞧得目瞪口呆，顫巍巍的站起身來，問道：「姑娘是誰？」不等黃蓉回答，忽地捧住心口，臉上現出劇痛之色，急從懷中小瓶內取出一顆綠色丸藥吞入腹中，過了半晌，臉色方見緩和，嘆道：「罷啦，罷啦！」眼中流下兩道淚水。

郭靖與黃蓉面面相覷，只覺此人舉動怪異之極。那女子正待說話，突然傳來陣陣吶喊之聲，正是鐵掌幫追兵到了。那女子道：「是朋友，還是仇家？」郭靖道：「是追趕我們的仇家。」那女子道：「鐵掌幫？」郭靖道：「是。」那女子側耳聽了一會，說道：「裘幫主親自領人追趕，你們究是何人？」問到這句時，聲音甚為嚴厲。

郭靖踏上一步，攔在黃蓉身前，朗聲道：「我二人是九指神丐洪幫主的弟子。我師妹為鐵掌幫裘千仞所傷，避難來此，前輩若與鐵掌幫有甚瓜葛，不肯收留，我們就此告辭。」說著一揖到地，轉身扶起黃蓉。

那女子淡淡一笑，道：「年紀輕輕，偏生這麼倔強，你挨得，你師妹可挨不得了，知道麼？我道是誰，原來是洪七公的徒弟，怪不得有這等本事。」

她傾聽鐵掌幫的喊聲忽遠忽近，時高時低，嘆道：「他們找不到路，走不進來的，儘管放心。就算來到這裏，你們是我客人，神……神……瑛姑豈能容人上門相欺？」心想：「我本來叫做『神算子』瑛姑，但你這小姑娘算法勝我百倍，我怎能再厚顏自稱『神算子』？」只說了個『神』字，下面兩字就省去了。

郭靖作揖相謝。瑛姑解開黃蓉肩頭衣服，看了她傷勢，皺眉不語，從懷中小瓶內又取出一顆綠色丸藥，化在水中給黃蓉服食。黃蓉接過藥碗，心想不知此人是友是敵，如何能服她之藥？瑛姑見她遲疑，冷笑道：「你受了裘千仞鐵掌之傷，還想好得了麼？我就算有害你之心，也不必多此一舉。這藥是止你疼痛的，不服也就算了。」說著夾手將藥碗搶過，潑在地下。

郭靖見她對黃蓉如此無禮，不禁大怒，說道：「我師妹身受重傷，你怎能如此氣她？蓉兒，咱們走。」拉起黃蓉負在背上。瑛姑冷笑道：「我瑛姑這兩間小小茅屋，豈能容你這兩個小輩說進就進，說出就出？」手中持著兩根竹算籌，攔在門口。

郭靖心道：「說不得，只好硬闖。」叫道：「前輩，恕在下無禮了。」身形略沉，舉臂劃個圓圈，一招「亢龍有悔」，當門直衝出去。這是他得心應手的厲害招術，只怕瑛姑抵擋不住，勁道只使了二成，惟求奪門而出，並無傷人之意。

眼見掌風襲到瑛姑身前，郭靖要瞧她如何出手，而定續發掌力或立即回收，那知她身子微側，左手前臂斜推輕送，竟將郭靖的掌力化在一旁。郭靖料想不到她的身手如此高強，給她這麼一帶，竟立足不住，向前搶了半步，瑛姑也料不到郭靖掌力這等沉猛，足下在沙上滑溜，隨即穩住。兩人這一交手，均各暗暗詫異。瑛姑喝道：「小子，師父的本領都學全了嗎？」語聲中將竹籌點了過來，對準了他右臂彎處的「曲澤穴」。

這一招明點穴道，暗藏殺手，郭靖那敢怠慢，立即回臂反擊，將那降龍十八掌掌法一招招使將出來，數招一過，立即體會到瑛姑的武功純是陰柔一路。她並無一招是明攻直擊，但每一招中均含陰毒後著，若非郭靖會得雙手互搏之術，危急中能分手相救，早已中招受傷。他愈鬥愈不敢托大，掌力漸沉，但瑛姑的武功另成一家，出招似乎柔弱無力，卻如水銀瀉地，無孔不入，不免令人防不勝防。

再拆數招，郭靖給逼得倒退兩步，忽地想起洪七公當日教他抵禦黃蓉「桃華落英掌」

的法門：不論對方招術如何千變萬化，儘可置之不理，只以降龍十八掌硬攻，那就有勝無敗。他本想此間顯非吉地，這女子也非善良之輩，但跟她無冤無仇，但求衝出門去，既不願跟她多所糾纏，更不欲損她傷她，是以掌力之中留了八分，可是這女子功夫了得，稍有疏忽，只怕兩人的命都要送在此處，當下吸一口氣，兩肘往上微抬，右拳左掌，直擊橫推，一快一慢的打了出去。這是降龍十八掌中第十六掌「履霜冰至」，乃洪七公當日在寶應所傳，一招之中剛柔並濟，正反相成，妙用無窮。洪七公的武學本是純陽至剛一路，但剛到極處，自然而然的剛中有柔，原是易經中老陽生少陰的道理，而「亢龍有悔」、「履霜冰至」這些掌法之中，剛勁柔勁混而爲一，已不可分辨。

瑛姑低呼一聲：「咦！」急忙閃避，但她躲去了郭靖的右拳直擊和左腳的一踹，卻讓不開他左掌橫推，這一掌正好按中她右肩。郭靖掌到勁發，眼見要將她推得撞向牆上，這草屋的土牆又怎受得起這股大力，若非牆坍屋倒，就是她身子破牆而出，但說也奇怪，手掌剛與她肩頭相觸，只覺她肩上卻似塗了一層厚厚的油脂，溜滑異常，連掌帶勁，滑到了一邊，但她身子也免不了劇烈震動，手中兩根竹籌撒在地下。

郭靖吃了一驚，急忙收力，但瑛姑身手快捷之極，早已乘勢直上，雙手五指成錐，分戳他胸口「神封」、「玉書」兩穴，的是上乘點穴功夫。郭靖封讓不及，心道：「她這點穴手法倒跟周大哥有些相像，若不是我跟周大哥在山洞中拆過數千數萬招，這一下不免著了她道兒。」當即身子微側，瑛姑只覺一股勁力從他右臂發出，撞向自己上臂，知道雙臂一交，敵在主位，己處奴勢，自己胳臂非斷不可，便仍以剛才使過的「泥鰍功」將郭靖的手臂滑開。

這幾下招招神妙莫測，每一式都大出對方意料之外，兩人都心中暗驚，不約而同的躍開數步，各自守住門戶。郭靖心想：「這女子的武功好不怪異！她身上不受掌力，那我豈非只有挨打的份兒？」瑛姑訝異更甚：「這少年小小年紀，怎能如此了得？自因明師指教之故。」隨即想起：「我在此隱居十餘年，勤修苦練，無意中悟得上乘武功的妙諦，自以爲當可無敵於天下，不久就要出林報仇救人，豈知算數固不如那女郎遠甚，連武功也勝不得這樣一個乳臭少年，何況他背上負得有人，出手又對我有意容讓，當眞動手，我早輸了。我十餘載的苦熬，豈非盡付流水？復仇救人，再也休提？」想到此處，眼紅鼻酸，不自禁的又要流下淚來。郭靖只道自己掌力將她震痛，忙道：「晚輩無禮得罪，實非有心，請前輩恕罪，放我們走罷。」

瑛姑見他說話之時，不住轉眼去瞧黃蓉，關切之情深摯已極，想起自己一生不幸，愛侶遠隔，至今日團聚之念更絕，不自禁的起了妒恨之心，冷冷的道：「這女孩兒中了裘千仞的鐵掌，臉上已現黑氣，已不過三日之命，你還苦苦護著她幹麼？」

郭靖大驚，細看黃蓉臉色，果然眉間隱隱現出一層淡墨般的黑暈。他胸口一涼，隨即感到一股熱血湧上，雙臂反手緊攬黃蓉，顫聲問道：「蓉兒，你……你覺得怎樣？」黃蓉胸腹間有如火焚，四肢卻感冰涼，知那女子的話不假，嘆了口氣道：「靖哥哥，這三天之中，你別離開我一步，成麼？」郭靖淚水奪眶而出，嗚咽道：「我……我半步也不離開你。」

扶著她靠牆坐好，自己坐在她身畔，拉過她手掌伸出左掌與她右掌相抵，想以九陰眞經中療傷之法助她通息治傷。身前這女子友敵不明，如她惡意來擾，不論出手輕重，黃蓉立即殞命，自己也難免重傷，情勢危急之極，但實逼處此，只有干冒大險。剛運起內功，將內力輕輕送出，不料黃蓉全無反響，他大驚之下，內力稍催，黃蓉「哇」的一聲，吐了口鮮血，沾在衣襟之上，白衣紅血，鮮艷嚇人。郭靖大驚，哭叫：「蓉兒！」黃蓉垂頭道：「不成的，我半分內力也沒有啦，靖哥哥，你……你別哭……」

瑛姑冷笑道：「你輸送內力給她，只有提早送了她命。勸你別送了吧！就算你半步不離開，也只廝守得三十六個時辰。」郭靖抬頭望她，眼中充滿淚水，一臉哀懇之色，似在求她別再說刻薄言語刺傷黃蓉。

瑛姑自傷薄命，十餘年來性子變得極爲乖戾，眼見這對愛侶橫遭慘變，忍不住大感快慰，正想再說幾句厲害言語來譏刺兩人，見到郭靖哀傷欲絕的神氣，腦海中忽如電光一閃，想到一事：「啊，啊，老天送這兩人到此，卻原來是叫我報仇雪恨，得償心願。」

抬起了頭，喃喃自語：「天啊，天啊！」

只聽得林外呼叫吆喝之聲又漸漸響起，看來鐵掌幫四下找尋之後，料想靖蓉二人必在林中，只沒法覓路進入，過了半晌，林外遠遠送來了裘千仞的聲音，叫道：「神算子瑛姑哪，裘鐵掌求見。」他這兩句話逆風而呼，竟也傳了過來，足見內功深湛。

瑛姑走到窗口，氣聚丹田，長聲叫道：「我素來不見外人，到我黑沼來的有死無生，裘幫主，請你見諒。」只聽裘千仞叫道：「有一男一女走進你黑沼來啦，請你交給我罷。」瑛姑叫道：「誰走得進我的黑沼？裘幫主可把瑛姑瞧得忒也小了。」裘千仞嘿嘿嘿幾聲冷笑，不再開腔，似乎信了她說話。只聽鐵掌幫徒衆的呼叫之聲，漸漸遠去。

瑛姑轉過身來，對郭靖道：「你想不想救你師妹？」郭靖一呆，隨即雙膝點地，跪了下去，叫道：「老前輩若肯賜救……」瑛姑臉上猶似罩了一層嚴霜，森然道：「老前輩！我老了麼？」郭靖忙道：「不，不，也不算老。」瑛姑雙目緩緩從郭靖臉上移開，望向窗外，自言自語的道：「不算老，嗯，畢竟也是老了！」

郭靖又喜又急，聽她語氣之中，似乎黃蓉有救，可是自己一句話又得罪了她，不知她還肯不肯施救，欲待辯解，卻又不知說甚麼話好。

瑛姑回過頭來，見他滿頭大汗，狼狽之極，心中酸痛：「我那人對我只要有這傻小子十分之一的情意，唉，我這生也不算虛度了。」輕輕吟道：「四張機，鴛鴦織就欲雙飛。可憐未老頭先白，春波碧草，曉寒深處，相對浴紅衣。」

郭靖聽她唸了這首短詞，心中一凜，暗道：「這詞好熟，我聽見過的。」可是曾聽何人唸過，一時卻想不起來，似乎不是二師父朱聰，也不是黃蓉，於是低聲問道：「蓉兒，她唸的詞是誰作的？說些甚麼？」黃蓉搖頭道：「我也是第一次聽到，不知是誰作的。嗯，『可憐未老頭先白』，眞是好詞！鴛鴦生來就白頭……」說到這裏，目光不自禁的射向瑛姑的滿頭花白頭髮，心想：「果然是『可憐未老頭先白』！」

郭靖心想：「蓉兒得她爹爹教導，甚麼都懂，如是出名的歌詞，決無不知之理。那麼是誰吟過這詞呢？當然不會是她，不會是她爹爹，也不會是歸雲莊的陸莊主。然而我確實聽見過的。唉，管他是誰吟過的。這位前輩定有法子救得蓉兒，她問我這句話，總不是信口亂問。我可怎生求她才好？不管她要我幹甚麼……」

瑛姑此時也在回憶往事，臉上一陣喜一陣悲，頃刻之間，心中經歷了數十年的恩恩怨怨，猛然抬頭，說道：「你師妹給裘鐵掌擊中，不知是他掌下留力，還是你這小子出手從旁阻擋，總算沒立時斃命，但無論如何，挨不過三天……嗯，她的傷天下只一人救得！」

郭靖怔怔的聽著，聽到最後一句時，心中怦地一跳，當眞喜從天降，跪下來咚咚咚磕了三個響頭，叫道：「請老……不，不，請你施救，感恩不盡。」

瑛姑冷冷的道：「哼！我如何有救人的本事？倘若我有此神通，怎麼還會在這陰濕寒苦之地受罪？」郭靖不敢接口。過了一會，瑛姑才道：「也算你們造化不淺，遇上我知道此人的所在，又幸好此去路程非遙，三天之內可到。只那人肯不肯施救，卻是難說。」郭靖喜道：「我苦苦求他，想來他決不至於見危不救。」瑛姑道：「說甚麼不至於見危不救？見死不救，也是人情之常。苦苦相求，有誰不會？難道就能教他出手救人？你給他甚麼好處了？他爲甚麼要救？」語意之中，實含極大怨憤。

郭靖不敢接口，眼前已出現一線生機，只怕自己說錯一言半語，又復壞事。瑛姑道：「你們到這邊歇一忽兒！」手指左首一間小房。郭靖謝了，扶著黃蓉進房，讓她躺在一張竹榻上。只見瑛姑走到外面方室，伏在案頭提筆書寫甚麼，寫了好一陣，將那張紙用一塊布包好，再取出針線，將布包摺縫處密密縫住，這樣連縫了三個布囊，才回進房來，說道：「出林之後，避過鐵掌幫追兵，直向東北，到了桃源縣境內，開拆白色布囊，下一步該當如何，裏面寫得明白。時地未至，千萬不可先拆。」郭靖大喜，連聲答應，伸手欲接布囊。

瑛姑縮手道：「慢著！若那人不肯相救，那也算了。若能救活她性命，我卻有一事相求。」郭靖道：「活命之恩，自當有報，請前輩吩咐便了。」瑛姑冷冷的道：「假若你師妹不死，她須在一月之內，重回此處，和我相聚一年。」郭靖奇道：「那幹甚麼啊？」瑛姑厲聲道：「幹甚麼跟你有甚麼相干？我只問她肯不肯？」黃蓉接口道：「你要我授你奇門術數，這有何難？我答允便是。」

瑛姑向郭靖白了一眼，說道：「枉爲男子漢，還不及你師妹十分中一分聰明。」將三個布囊遞過。郭靖接了，見一個白色，另兩個一紅一黃，當即放入懷中，道：「我如有師妹的一成聰明，就好得很了。」又再叩謝。瑛姑閃開身子，不受他大禮，說道：「你不必謝我，我也不受你謝。你二人跟我無親無故，我幹麼要救她？就算沾親有故，也犯不著費這麼大精神！咱們話說在先，我救她性命是爲了我自己。哼，人不爲己，天誅地滅。」

這番話在郭靖聽來，極不入耳，但他素來誠樸，拙於言辭，不善與人辯駁，此時爲了黃蓉，更加不敢多說，只恭恭敬敬的聽著。瑛姑白眼一翻，道：「你們累了一夜，也必餓了，且吃些粥罷。」

當下黃蓉躺在榻上，半醒半睡的養神，郭靖守在旁邊，心中思潮起伏。過不多時，瑛姑從後進用木盤托出兩大碗熱騰騰的香粳米粥，還有一大碟山鷄片、一碟臘魚。郭靖早就餓了，先前掛念著黃蓉傷勢，並未覺得，此時略爲寬懷，見到鷄魚白粥，先吞了一口唾涎，向瑛姑謝後，輕拍黃蓉手背，柔聲道：「蓉兒，起來吃粥。」

黃蓉眼睜一線，微微搖頭道：「我胸口疼得緊，不要吃。」瑛姑冷笑道：「有藥給你止痛，卻又疑神疑鬼。」黃蓉不去理她，只道：「靖哥哥，你再拿一粒九花玉露丸給我服。」那些丸藥是陸乘風當日在歸雲莊上所贈，黃蓉一直放在懷內，洪七公與郭靖爲歐陽鋒所傷後，都曾服過幾顆，雖無療傷起死之功，卻大有止疼寧神之效。郭靖應了，旋開瓷瓶蓋子，取了一粒出來。

當黃蓉提到「九花玉露丸」之時，瑛姑突然身子微微一震，後來見到那朱紅色的藥丸，厲聲道：「這便是九花玉露丸麼？給我瞧瞧！」郭靖聽她語氣怪異，不禁抬頭望了她一眼，卻見她眼中微露兇光，心中更奇，將一瓶藥丸盡數遞過給她。瑛姑接過，但覺芳香撲鼻，聞到氣息已遍體清涼，雙目凝視郭靖道：「這是桃花島的丹藥啊，你們從何處得來？快說，快說！」說到後來，聲音已極慘厲。

黃蓉心中一動：「這女子研習奇門五行，難道跟我爹爹那一個弟子有甚干係？」只聽郭靖道：「她就是桃花島主的女兒。」瑛姑一躍而起，喝道：「黃老邪的女兒？適才瞧她傷勢，她衣服內襯的，便是桃花島的軟蝟甲罷？」雙眼閃閃生光，兩臂一伸一縮，作勢就要撲上。郭靖點了點頭，全身護在黃蓉身前。黃蓉道：「靖哥哥，將那三隻布囊還她！她既是我爹爹仇人，咱們也不用領她情。」郭靖將布囊取出，卻遲遲疑疑的不肯遞過。黃蓉道：「靖哥哥，放下！也未必當眞就死了。死又怎樣？」郭靖從來不違黃蓉之意，只得將布囊放在桌上，淚水已在眼中滾來滾去，終於忍耐不住，在腮邊直瀉而下。

瑛姑眼望窗外，喃喃叫道：「天啊，天啊！」拿了布囊瓷瓶，走入鄰室，背轉身子，不知做些甚麼。黃蓉道：「咱們走罷，我見了這女子厭煩得緊。」郭靖未答，瑛姑已回進室來，說道：「我研習術數，爲的是要進入桃花島。黃老邪的女兒已然如此，我再研習一百年也是無用。命該如此，夫復何言？你們走罷，把布囊拿去。」說著將一瓶九花玉露丸和三隻布囊都塞到郭靖手中，對黃蓉道：「這九花玉露丸於你傷勢有害，千萬不可再服。傷愈之後一年之約不可忘記。你爹爹毀了我一生，這裏的飲食寧可餵狗，也不給你們吃。」說著將白粥鷄魚都從窗口潑了出去。

黃蓉氣極，正欲反唇相譏，一轉念間，扶著郭靖站起身來，用竹棒在地下細沙上寫了三道算題：

第一道是包括日、月、水、火、木、金、土、羅睺、計都的「七曜九執天竺筆算」；第二道是「立方招兵支銀給米題」（按：即西洋數學中的級數論）；第三道是道「鬼谷算題」：「今有物不知其數，三三數之賸二，五五數之賸三，七七數之賸二，問物幾何？」（按：這屬於高等數學中的數論，我國宋代學者對這類題目鑽研已頗精深。）

她寫下三道題目，扶著郭靖手臂，緩緩走了出去。郭靖步出大門，回過頭來，只見瑛姑手執算籌，凝目望地，呆呆出神。

兩人走入林中，郭靖將黃蓉背起，仍由她指點路徑，一步步的向外走去。郭靖只怕數錯腳步，不敢說話，直到出了林子，才問：「蓉兒，你在沙上畫了些甚麼？」黃蓉笑道：「我出三道題目給她。哼，半年之內，她必計算不出，叫她的花白頭髮全都白了。誰教她這等無禮？」郭靖道：「她跟你爹爹結下甚麼仇啊？」黃蓉道：「我沒聽爹爹說過。」過了半晌，道：「她年輕時候必是個美人兒，靖哥哥你說是麼？」她心裏隱隱猜疑：「莫非爹爹昔日跟她有甚情愛糾纏？哼，多半是她想嫁我爹爹，我爹爹卻不要。嗯，定是如此，人家不要，硬嫁成嗎？發脾氣有用嗎？」

郭靖道：「管她美不美呢。她想著你的題目，就算忽然反悔，也不會再追出來把布囊要回去啦。」黃蓉道：「不知布囊中寫些甚麼，只怕她未必安著好心，咱們拆開來瞧瞧。」郭靖忙道：「不，不！依著她的話，到了桃源再拆。」黃蓉甚是好奇，忍不住的要先看，但郭靖堅執不允，只得罷了。

鬧了一夜，天已大明，郭靖躍上樹頂四下眺望，不見鐵掌幫徒眾的蹤跡，先放了一大半心，數聲呼嘯，小紅馬聞聲馳到，不久雙鵰也飛臨上空。兩人甫上馬背，忽聽林邊喊聲大振，數十名鐵掌幫眾蜂擁而來。他們在樹林四周守了半夜，聽到郭靖呼嘯，急忙追至，裘千仞卻不在其內。郭靖叫道：「失陪了！」腿上微一用勁，小紅馬猶如騰空而起，但覺耳旁風生，片刻之間已將幫眾拋得無影無蹤。

小紅馬到午間已奔出百餘里之遙。兩人在路旁一個小飯舖中打尖，黃蓉胸口疼痛，只能喝半碗米湯。郭靖一問，知當地已屬桃源縣管轄。黃蓉喝了米湯後，呼吸急促，暈了過去。郭靖大驚，眼見無法趕路，問那小飯舖是否可借間房休息。飯舖主人道：「客官，這裏年荒地貧，鄉下人那有多餘的鋪位房間。過去五里有家米鋪貨棧，地方倒大，客官既有病人，去求借房借宿，只消出得了錢，或許能成。」

郭靖謝了，負起黃蓉，上馬走了五里路，果見路邊有三間大屋，磚牆甚高，門前停著三輛獨輪車，一輛車上裝了十幾隻米袋，一輛裝的是硬柴黑炭，另一輛裝的是蔬菜、油鹽、紅薯、鷄鴨之類食物。郭靖走到門口，見有個老者坐在一張長櫈上喝茶。郭靖打個問訊，說道：「老丈，在下是行路之人，我這個妹子忽然得了急病，想請老丈行行好，借間房住宿一宵，自當奉上房飯錢。」說著從懷中掏出一顆大銀錠，雙手奉上。

那老者六七十歲年紀，頭髮全白，頦下光溜溜地不留鬍鬚，微微一笑，神情倒還謙和，說道：「令妹病勢不輕，借宿一宵，自當照應，卻也用不著這許多銀兩。」郭靖聽那小飯舖主人說道：「只消出得了錢，或許能成。」此刻只求對方肯收留，心想做生意之人，當然是銀子越多越好，說道：「多謝老丈，我兄妹感激不盡。這錠銀子先請收下，明日告辭，另有奉謝。」將銀錠恭恭敬敬的放在桌上。

那老者道：「客官貴姓？」郭靖道：「在下姓郭，我這師妹姓黃，老丈尊姓？」那老者道：「老朽姓楊。客官請先喝杯茶。」在茶杯中斟茶。郭靖扶著黃蓉坐在板凳上，見她呼吸略順，心中稍寬。

那老者看了看郭靖雙足昨晚所沾黑沼污泥，此時已經乾了，顏色深黑，與鞋上、腳踝上平常泥色不同，說道：「客官昨晚是從那邊樹林中來，竟沒迷路，也眞了得。」郭靖微笑道：「那是僥倖碰巧罷了。」他眼光一瞥間，見三輛獨輪車的木輪上也沾滿了深黑色乾泥，心中微生疑慮。那老者道：「這些車子，是送糧食、蔬菜去林子中的。」郭靖點了點頭，心想：「那瑛姑住在黑沼之中，糧食、柴炭、蔬菜、油鹽之類，自須外面送去。」

郭靖先餵黃蓉喝了杯茶，自己喝了一杯。那老者引入內堂，一間房中有兩張床鋪，掛著青紗帳子，床上鋪著草席，各有一條薄被，白木桌椅，倒也乾淨。

郭靖扶著黃蓉在床上躺好，伸掌按在她靈台穴上，極緩極緩的給她寧氣，生怕又牽動她內息，引得她嘔血，不敢再試九陰眞經「療傷章」中順內息、通周天的法子。過了一會，一個小廝托著木盤，送進乾飯和稀粥進房，有些臘魚、臘肉之類菜肴。郭靖服侍黃蓉吃了半碗粥，她勉強吞嚥，卻吃不下菜肴。

兩人用過膳後，躺下休息。黃蓉道：「靖哥哥，你永遠這麼陪著我。我的傷勢一百年好不了，我也開心得很。」郭靖道：「只要你不嫌氣悶，我陪你一百年。」黃蓉道：

「你那華箏公主呢？」郭靖一怔，說道：「我答允過娶她的，但我要先陪你一百年、兩百年，她如肯等，就等一百年、兩百年好了。唉，蓉兒，我死也離不開你，只好對她不住了……兩百年之後，她變成個白髮皺面皮的老太婆，我自然不能娶她了。」黃蓉笑道：「那時候我也變成了個老太婆了。」郭靖道：「你變了老太婆，我還是要娶，你那時是個美麗可愛的好蓉兒老太婆……」

就在這時，只聽得堂上一個蒼老的聲音唱起曲來，曲調是到處流唱的〈山坡羊〉，聽他唱道：

「清風相待，白雲相愛，夢不到紫羅袍共黃金帶。一茅齋，野花開，管甚誰家興廢誰成敗，陋巷單瓢亦樂哉。朝，對青山！晚，對青山！」

黃蓉喝采道：「好曲子！靖哥哥，〈山坡羊〉曲子我聽得多了，少有這一首這麼好的。不知是誰作的，我記下來唱給爹爹聽。」默默記誦，手指輕彎，打著拍子。

她說話甚輕，房外唱曲的老者卻聽見了，在門外笑道：「姑娘，你是知音，可知這首曲子的來歷嗎？」黃蓉輕聲道：「請他進來。」郭靖朗聲道：「老丈請進。」

那老者走進房來，坐在床前椅中。黃蓉道：「這首曲子的來歷，還要請教。」那老者道：「這首曲子流傳至今，少說也有三百多年了。那是唐朝天寶年間傳下來的。」黃蓉奇道：「這麼久了？請老丈指教。」

那老丈道：「姑娘是聰明之極的人，聽老朽的口音，或者料到我本是雲南人。」黃蓉心道：「你說話的口音腔調，跟那討厭的瑛姑有三分相似，莫非那瑛姑也是雲南人？」說道：「老丈說話口音，與本地的湘西人確有些不同，又軟又糯，好聽得很，原來是從雲南來的。」

那老者微笑道：「老朽一向生長在雲南大理，後來上司派我到這裏，先指揮工人建屋，種植樹木成林，以後在這裏長住，專責供應林子裏的衣食用物。」黃蓉點點頭，她身上有傷，沒力氣多說話，同時瑛姑友敵不明，也不願多透露自己的身份。

那老者道：「兩位昨晚既從林子裏來，那邊也沒傳來話說不准接待，那麼跟兩位說說舊事也不打緊。現今我們雲南有大理國，從前叫做南詔，唐朝天寶年間，南詔國的國王是閤羅鳳，國勢強盛，唐朝和吐蕃都拉攏他。唐明皇寵幸楊貴妃，重用李林甫、楊國忠做宰相，朝政混亂。天寶十年（當時叫做天寶十載），楊國忠派鮮于仲通從劍南帶兵八萬去打南詔，打到了曲州、靖州，後來大敗於瀘南，唐兵損折六萬人。到天寶十三年，楊國忠再派李宓又從劍南帶兵七萬打南詔，閤羅鳳陛下善於用兵，誘敵深入，激戰之後，李宓被擒，全軍覆沒，無一得還。唐軍兩次大敗，被俘和逃散的唐將唐兵十餘萬人，全數流落在雲南，老朽的祖先就是唐兵的小軍官，在雲南娶了擺夷（今白族）的女子，安家立業，綿延至今。老朽的父親家道中落，無以為生，將老朽淨了身，到大理國宮中做太監，可讓兩位見笑了。」

黃蓉道：「不敢！聽說大理國段皇爺是一位聖帝賢君，老丈服侍段皇爺，那也好得很啊！」那老者道：「姑娘年紀輕輕，見識高明，眞正了不起。」聽黃蓉稱段皇爺爲「聖帝賢君」，很是歡喜，又道：「這〈山坡羊〉的曲子，還有好幾首，是老朽的祖宗傳下來的，聽說當年在長安城中流傳很廣，貴裔庶民，很多人都會唱。唐將唐兵，有的從四川來，有的從長安來，被俘不死，淪落雲南，這些小曲便也在雲南落地生根了。只雲南口音跟北方不同，有些小小改動。」（注：見本回之末）

那老者告辭了出去，怕打擾黃蓉休息，曲子也不唱了。郭靖道：「不知那瑛姑在布囊中藏了些甚麼。」取出白布小囊，拉斷縫線，原來裏面是張簡陋的地圖，圖旁註著兩行字道：「依圖中所示路徑而行，路盡處係一大瀑布，旁有茅舍。到達時拆紅色布囊。」

次晨二人用過早餐，向老者告別，郭靖又送了一錠銀子，楊老者推辭不收，郭靖堅決要送，討了些乾糧炊餅收入懷裏。兩人上馬而行，依著地圖所示行出七八十里，道路漸窄，再行八九里，道路兩旁山峯壁立，中間一條羊腸小徑，僅容一人勉強通行，小紅馬已前行不得。郭靖只得負起黃蓉，將小紅馬留在山邊一家人家啃食野草。

循著陡路上嶺，約莫走了一個時辰，道路更窄，有些地方郭靖須得將黃蓉橫抱了，兩人側著身子方能過去。這時正當七月盛暑，赤日炎炎，流火鑠金，但路旁山峯插天，將驕陽全然遮去，倒也頗爲淸涼。

又行一陣，郭靖腹中飢餓，從懷中取出乾糧炊餅，撕了幾片餵在黃蓉嘴裏，自己也不停步，邊走邊吃，吃完三個大炊餅，正覺唇乾口渴，忽聽遠處傳來隱隱水聲，當即加快腳步。空山寂寂，那水聲在山谷間激盪回響，轟轟洶洶，愈走水聲愈大，待得走上嶺頂，只見一道白龍似的大瀑布從對面雙峯之間奔騰而下，聲勢驚人。從嶺上望下去，瀑布旁果有間草屋。郭靖揀塊山石坐下，取出紅色布囊拆開，見囊內白紙上寫道：

「此女之傷，當世唯段皇爺能救……」

郭靖看到「段皇爺」三字，吃了一驚，讀了出來。黃蓉本已極爲疲累，聽他說到「段皇爺」，心中一凜，道：「段皇爺？西毒也提過師父的傷恐怕只段皇爺能治。我聽爹爹說過，段皇爺就是『南帝』，他在雲南大理國做皇帝……」心想雲南與此處相隔萬水千山，三日之間那能到達，不禁胸中涼了，勉力坐起，倚在郭靖肩頭，和他同看紙上的字：

「此女之傷，當世唯段皇爺能救。彼多行不義，隱居桃源，外人萬難得見，若言求醫，更犯大忌，未登其堂，已先遭漁樵耕讀之毒手矣。故須假言奉尊師洪七公之命，求見皇爺稟報要訊，待見南帝親面，以黃色布囊中之圖交出。一線生機，盡懸於斯。」

郭靖讀畢，轉頭向著黃蓉，卻見她蹙眉默然，即問：「蓉兒，段皇爺怎麼多行不義了？爲甚麼求醫是更犯大忌？漁樵耕讀的毒手是甚麼？」黃蓉嘆道：「靖哥哥，你別當我聰明得緊，甚麼事都知道。」

郭靖一怔，伸手將她抱起，道：「好，咱們下去。」凝目遠眺，見瀑布旁柳樹下坐著一人，頭戴斗笠，隔得遠了，瞧不清楚在幹甚麼。

一來心急，二來下嶺路易走得多，不多時郭靖已背著黃蓉快步走近瀑布，見柳樹下那人身披簑衣，坐在一塊石上，正自垂釣。這瀑布水勢湍急異常，一瀉如注，水中怎會有魚？縱然有魚，又怎有餘暇吞餌？看那人時，見他約莫四十來歲年紀，一張黑漆漆的鍋底臉，虬髯滿腮，根根如鐵，雙目一動不動的凝視水中。

郭靖見他全神貫注的釣魚，不敢打擾，扶黃蓉倚在柳樹旁休息，自己過去瞧那瀑布中到底有甚麼魚。等了良久，忽見水中金光閃動，那漁人臉現喜色，猛然間釣桿直彎下去，只見水底下一條尺來長的東西咬著釣絲，那物非魚非蛇，全身金色，頭身俱扁，模樣甚是奇特。

郭靖大為詫異，不禁失聲叫道：「咦，這是甚麼？」便在這時，水中又鑽出一條同樣的金色怪魚咬住釣絲，那漁人更是歡喜，用力握住釣桿不動。只見那釣桿愈來愈彎，眼見要支持不住，突然啪的一聲，桿身斷為兩截。兩條怪魚吐出釣絲，在水中得意洋洋的游了幾轉，瀑布雖急，卻沖之不動，轉眼之間，鑽進了水底岩石之下，再也不出來了。

那漁人轉過身來，圓睜怒目，喝道：「臭小子，老子辛辛苦苦的等了半天，偏生叫你這小賊來驚走了。」伸出蒲扇般的大手，上前兩步就要動武，不知如何忽地轉念，終於強自克制，雙手揑得骨節格格直響，滿臉怒容。

郭靖知道自己無意之中闖了禍，不敢回嘴，只得道：「大叔息怒，是小人不是，不知那是甚麼怪魚？」那漁人罵道：「你瞎了眼珠啦，這是魚麼？這是金娃娃。」郭靖受罵，也不惱怒，陪笑道：「請問大叔，甚麼是金娃娃？」那漁人更加暴跳如雷，喝道：「金娃娃就是金娃娃，你這臭小賊囉唆甚麼？」郭靖要懇他指點去見段皇爺的路徑，那敢輕易得罪，只打拱作揖的賠不是。旁邊黃蓉卻忍不住了，插口道：「金娃娃就是金色的娃娃魚。我家裏便養著幾對，有甚希罕了？」

那漁人聽黃蓉說出「金娃娃」的來歷，微感驚訝，罵道：「哼，吹得好大的氣，家裏養著幾對！我問你，金娃娃幹甚麼用的？」黃蓉道：「有甚麼用啊？我見牠生得好看，叫起來呀呀呀的，好像小孩兒一般，就養著玩兒。」

那漁人聽她說得不錯，臉色登時和緩，道：「女娃兒，你家裏倘若眞養得有，那你就須賠我一對。」黃蓉道：「我幹麼要賠你？」漁人指著郭靖道：「我正好釣到一條，卻給他莽莽撞撞的一聲大叫，又惹出一條來，扯斷了釣桿。這金娃娃聰明得緊，吃了一次苦頭，第二次休想再釣得著。不叫你賠叫誰賠？」黃蓉笑道：「就算釣著，你也只有一條。你釣到了一條，第二條難道還肯上鉤？」漁人無言可對，搔搔頭道：「那麼只賠我一條也好。」黃蓉道：「若把一對金娃娃生生拆散，過不了三天，雌雄兩條都會死的。」

那漁人更無懷疑，忽地向她與郭靖連作三揖，叫道：「好啦，算我不是，求你送我一對成不成？」

黃蓉微笑道：「你先得對我說，你要金娃娃何用？」那漁人遲疑了一陣，道：「好，就說給你聽。我師叔是天竺國人，前幾日來探訪我師父，在道上捉得一對金娃娃，十分歡喜。他說天竺國有種極厲害的毒蟲，爲害人畜，難有善法除滅，這金娃娃卻是那毒蟲剋星。他叫我餵養幾日，待他與我師父說完話下山，再交給他帶回天竺去繁殖，那知道……」黃蓉接口道：「那知道你一個不小心，讓金娃娃逃入了這瀑布之中！」

那漁人奇道：「咦，你怎知道？」黃蓉小嘴一撇，道：「那還不易猜。這金娃娃本就難養，我先前共有五對，後來給逃走了兩對。」那漁人雙眼發亮，臉有喜色，道：「好姑娘，給我一對，你還賸兩對哪。否則師叔怪罪起來，我可擔當不起。」黃蓉笑道：「送你一對，也沒甚麼大不了，可是你先前幹麼這樣兇？」

那漁人又笑又急，只說：「唉，是我這個莽撞脾氣不好，須得好好改過才是。小兄弟，我給你賠不是了。好姑娘，你府上在那裏？我跟你去取，好不好？這裏去不遠罷？」黃蓉輕輕嘆了口氣道：「說近不近，說遠不遠，三四千里路是有的。」

那漁人吃了一驚，根根虬髯豎了起來，喝道：「小丫頭，原來是在消遣老爺。」提起醋缽大的拳頭，就要往黃蓉頭上搥將下去，只見她年幼柔弱，這一拳怕打死了她，拳在空中，遲遲不落。郭靖早搶在旁邊，只待他拳勁一發，立時抓他手腕。黃蓉笑道：「急甚麼？我早想好了主意。靖哥哥，你呼白鵰兒來罷。」

郭靖不明她用意，但依言呼鵰。那漁人聽他喉音一發，山谷鳴響，中氣充沛，不禁暗暗吃驚：「適才幸好未曾動手，否則怕要吃這小子的虧。」

過不多時，雙鵰循聲飛至。黃蓉剝了塊樹皮，用針在樹皮背後刺了一行字道：「爹爹：我要一對金娃娃，叫白鵰帶來罷。女蓉叩上。」郭靖大喜，割了二條衣帶，將樹皮牢牢縛在雄鵰足上。黃蓉向雙鵰道：「到桃花島，速去速回。」郭靖怕雙鵰不能會意，手指東方，連說了三聲「桃花島」。雙鵰齊聲長鳴，振翼而起，在天空盤旋一周，果然向東而去，片刻之間已隱沒雲中。

那漁人驚得張大了口合不攏來，喃喃的道：「桃花島，桃花島？黃藥師黃老先生是你甚麼人？」黃蓉傲然道：「是我爹爹，怎麼啦？」那漁人道：「啊！」卻不接話。黃蓉道：「數日之間，我的白鵰兒會把金娃娃帶來，不太遲罷？」那漁人道：「但願如此。」望著靖蓉二人上下打量，眼中滿是懷疑神色。

郭靖打了一躬道：「不曾請教大叔尊姓大名。」那漁人不答，卻道：「你們到這裏來幹甚麼？是誰教你們來的？」郭靖恭恭敬敬的道：「晚輩有事求見段皇爺。」他原想依瑛姑柬帖所示，說是奉洪七公之命而來，但明明是撒謊的言語，終究說不出口。

那漁人厲聲道：「我師父不見外人，你們找他幹麼？」依郭靖本性，就要實說，但又恐因此見南帝不著，誤了黃蓉性命，說不得，只好權且騙他一騙，正要開言，那漁人見他神色不定，黃蓉容顏憔悴，已猜到了七八分，喝道：「你們想要我師父治病，是不是？」郭靖給他揭破心事，那裏還能隱瞞，只得點頭稱是，心中又急又悔，只恨沒能搶先撒謊。

那漁人大聲道：「見我師父，再也休想。我拚著受師父師叔責罵，也不要你們甚麼金娃娃、銀娃娃啦，快快下山去罷！」

這幾句話說得斬釘截鐵，絕無絲毫轉圜餘地，只把郭靖聽得呆了半晌，倒抽涼氣，過了好一陣，上前躬身行禮道：「這位受傷求治的是桃花島黃島主的愛女，現下是丐幫的幫主，務求大叔瞧著黃島主與洪幫主兩位金面，指點一條明路，引我們拜見段皇爺。」

那漁人聽到「洪幫主」三字，臉色稍見和緩，搖頭道：「這位小姑娘是丐幫幫主？我可不信。」郭靖指著黃蓉手中的竹杖道：「這是丐幫幫主的打狗棒，想來大叔必當識得。」那漁人點了點頭道：「那麼九指神丐是你們甚麼人？」郭靖道：「正是我們兩人的恩師。」那漁人「啊」了一聲，道：「原來如此。你們來找我師父，那是奉九指神丐之命的了？」

郭靖遲疑未答，黃蓉忙接口道：「正是。」那漁人低頭沉吟，自言自語：「九指神丐與我師父交情非比尋常，這事該當如何？」黃蓉心想，乘他猶豫難決之際，快下說辭，又道：「師父命我們求見段皇爺，除了請他老人家療傷，尚有要事奉告。」

那漁人突然抬起頭來，雙目如電，逼視黃蓉，厲聲道：「九指神丐叫你們來求見『段皇爺』？」黃蓉道：「是啊！」那漁人又追問一句：「當真是『段皇爺』，不是旁人？」黃蓉知道其中必有別情，可是無法改口，只得點了點頭。

那漁人走上兩步，大聲喝道：「段皇爺早不在塵世了！」靖蓉二人大吃一驚，齊聲道：「死了？」那漁人道：「段皇爺離此塵世之時，九指神丐就在他老人家身旁，豈有再命你們來拜見段皇爺之理？你們受誰指使？到此有何陰謀詭計？快快說來。」說著又踏前一步，左手一拂，右手橫裏來抓黃蓉肩頭。

郭靖見他越逼越近，早有提防，當他右手離黃蓉身前尺許之際，左掌圓勁，右掌直勢，使招「潛龍勿用」，擋在黃蓉身前。這一招純是防禦，便如在黃蓉與漁人之間布了一道堅壁，敵來則擋，敵不至則消於無形。那漁人見他出掌，勢頭卻斜向一邊，並非對自己進擊，微感詫異，五指繼續向黃蓉左肩抓去，又進半尺，也沒碰到郭靖手掌，突與郭靖那一招勁道相遇，只感手臂劇痛，胸口微微發熱，這一抓立給反彈出來。

他只怕郭靖乘勢進招，急忙躍開，橫臂當胸，心想：「當年聽洪七公與師父談論武功，這正是他老人家的降龍十八掌功夫，這兩個少年確是他弟子，倒不便得罪了。」見郭靖拱了拱手，神色謙恭，這一招雖是他佔了上風，卻殊無絲毫得意之色，對他又多了幾分好感，說道：「兩位雖是九指神丐的弟子，可是此行卻非奉他老人家之命而來，是也不是？」郭靖不知他如何猜到，但既讓說中，無法抵賴，只得點了點頭。

那漁人臉上已不似先前兇狠，說道：「縱然九指神丐前輩自身受傷至此，小可也不能送他老人家上山去見家師。兩位見諒。」黃蓉道：「當眞連我師父也不能？」那漁人搖頭道：「不能！打死我也不能！」黃蓉心中琢磨：「他說段皇爺已經死了，又說死時洪恩師就在他身旁，還說就算師父受傷，也不能送他去見他師父段皇爺。除非他是胡言亂語，否則這中間許多古怪之處，實叫人難以索解。」尋思：「他師父在這山上，那是一定的了，無論如何，我們總得一見。」抬頭仰視，見那山峯穿雲揷天，陡峭異常，更高於鐵掌山中指峯，山石滑溜，寸草不生，實無上山之路，那片大瀑布恰如從空而降，心想：「李白說黃河之水天上來，這一片水才眞是天上來呢。」

她目光順著瀑布往下流動，盤算上山之策，突然眼前金光閃爍，水底有物游動。她慢慢走到水邊，定睛瞧去，只見一對金娃娃鑽在山石之中，兩條尾巴卻在外面亂晃，忙向郭靖招手，叫他過來觀看。

郭靖「啊」的一聲，道：「我下去捉上來。」黃蓉道：「唏！那不成，水這麼急，怎站得住足？別發傻啦。」郭靖卻想：「我若冒險將這對怪魚捉到送給漁人，當能動他之心，引我們去見他師父。否則的話，難道眼睜睜瞧著蓉兒之傷無人療治？」他知黃蓉必會阻攔，當下一語不發，也不除衣褲鞋襪，踴身就往瀑布中跳落。

黃蓉急叫：「靖哥哥！」站起身來，立足不定，搖搖欲倒。那漁人也大吃一驚，伸手扶她站穩了，立即奔向茅屋，似欲去取物來救郭靖。黃蓉坐回石上，看郭靖時，只見他穩穩站定水底，一任瀑布狂沖猛擊，身子竟未搖晃，慢慢彎腰去捉那對金娃娃。

但見他一手一條，已握住了金娃娃的尾巴輕輕向外拉扯，只恐弄傷了怪魚，不敢使力，豈知那金娃娃身上全是黏液，滑膩異常，幾下扭動，掙脫了郭靖掌握，先後竄入石底。郭靖急搶時，卻那裏來得及，剎那間影蹤不見。黃蓉失聲低呼，忽聽背後一人大聲驚叫，回過頭來，見那漁人已站在自己身後，左肩上扛了一艘黑黝黝的小船，右手握著兩柄鐵槳，似是要下水去救人。

郭靖雙足使勁，以「千斤墜」功夫牢牢站穩石上，屹立不動，閉氣凝息，伸手到怪魚遁入的那大石底下使勁上抬，只感大石微微搖動，心中大喜，使出降龍十八掌中一招「或躍在淵」，雙掌猛舉，水聲響處，那巨石竟給他抬起。他變招奇速，巨石一起，立時一招「見龍在田」橫推過去，那巨石受水力與掌力夾擊，擦過他身旁，蓬蓬隆隆，滾落下面深淵中去了，響聲在山谷間激盪發出回音，轟轟然良久不絕。他雙手高舉，一手抓住一隻金娃娃，一步一步從瀑布中上來。

瀑布日夜奔流，年深月久，在岩石間切了一道深溝，約有二丈來高。那漁人見郭靖站在溝底，那裏跳得上來，垂下鐵槳，想要讓他握住，吊將上來。但郭靖手中握著怪魚，只怕一鬆手又給滑脫逃去，在水底凝神提氣，右足一點，身子斗然從瀑布中鑽出，跟著左足在深溝邊上橫裏一撐，已借力躍到岸上。

黃蓉沒想到他功力已精進如此，見他在水底定身抬石、閉氣捉魚，視瀑布的巨力衝擊儼若無物，又驚又喜。其實郭靖爲救黃蓉，豁出了性命干冒大險，待得出水上岸，回頭見那瀑布奔騰而去，水沫四濺，不由得目眩心驚，自己也不信適才居然有此剛勇下水。那漁人更驚佩無已，知道若非氣功、輕功、外功俱臻上乘，別說捉魚，一下水就給瀑布沖入下面深淵去了。

兩尾金娃娃在郭靖掌中翻騰掙扎，哇哇而叫，宛如兒啼。郭靖笑道：「怪不得叫作娃娃魚，果然像小孩兒哭叫一般。」伸手交給漁人。

那漁人喜上眉梢，放下鐵槳，正要接過，忽然心中一凜，縮回手去，說道：「你拋回水裏去罷，我不能要。」郭靖奇道：「幹麼？」漁人道：「我收了金娃娃，仍不能帶你去見我師父。受惠不報，豈不教天下英雄恥笑？」郭靖一呆，正色道：「大叔堅執不允攜帶，必有爲難之處，晚輩豈敢勉強？區區一對魚兒，說得上甚麼受惠不受惠？大叔只管拿去！」將魚兒送到漁人手中。那漁人伸手接了，神色間頗爲過意不去。

郭靖轉頭向黃蓉道：「蓉兒，常言道死生有命，壽算難言，你的傷倘若當眞不治，陰世路上，你靖哥哥仍然背負著你，也就是了。咱們走罷！」他下定決心，說得斬釘截鐵。既已吐露了心意，便覺輕鬆，黃蓉生死如何，反不如何焦慮，總之跟她同生同死便是。

黃蓉聽他眞情流露，不禁眼圈一紅，但心中已有算計，向漁人道：「大叔，你既不肯指點，那也罷了，但有一件事我不明白，你若不說，我可死不瞑目。」漁人問道：「甚麼？」黃蓉道：「這山峯光滑如鏡，無路可上，你如肯送我們上山，卻又有甚麼法子？」那漁人心想：「若不是我攜帶，他們終究難以上山，這一節說也無妨。」說道：「說難是難，說易卻也甚易。這水流從右首轉過山角，已非瀑布，乃是一道急流，我坐在這鐵舟之中，扳動鐵槳，在急湍中逆流而上，一次送一人，兩次就送兩人上去。」

黃蓉道：「啊，原來如此。告辭了！」站起身來，扶著郭靖轉身就走。郭靖一拱手，不再言語。那漁人見二人下山，怕金娃娃逃走，口中稱謝，飛奔到茅舍中去安放。

黃蓉道：「快搶鐵舟鐵槳，轉過山角下水！」郭靖一怔，道：「這……這不大好罷？」黃蓉道：「好，你愛做君子，那就做君子罷！」

「救蓉兒要緊，還是做正人君子要緊？」瞬息之間，這念頭在腦海中連閃幾次，一時沉吟難決，卻見黃蓉已快步向上而行，這時那裏還容得他細細琢磨，不由自主的舉起鐵舟，急奔轉過山角，喝一聲：「起！」用力擲入瀑布上游。

鐵舟一經擲出，他立即搶起鐵槳，挾入左脇，右手橫抱黃蓉，鐵舟已順著水流衝到跟前，同時聽到耳後暗器聲響，當即低頭讓過暗器，踴身前躍，雙雙落入舟中。一枚暗器打中黃蓉背心，給背囊中包著的軟蝟甲彈開。這時水聲轟轟，只聽得那漁人高聲怒吼，已分辨不出他叫些甚麼，眼見鐵舟隨著瀑布即將流至山石邊緣，倘若衝到了邊緣之外，這一瀉如注，自非摔得粉身碎骨不可，郭靖左手鐵槳急忙揮出，用力一扳，鐵舟登時逆行了數尺。他右手放下黃蓉，鐵槳再一扳，鐵舟又向上逆行數尺。

那漁人站在水旁戟指怒罵，風聲水聲中隱隱聽到「臭丫頭！」「小賤人！」之聲，黃蓉嘻嘻而笑，道：「他仍當你是好人，淨是罵我。」

郭靖全神貫注的扳舟，那裏聽到她說話，雙膀使力，揮槳與激流相抗。鐵舟翹起了頭鼓浪逆行。此處水流雖不如瀑布般猛衝而下，卻也極為急促，郭靖划得面紅氣促，好幾次險些給水沖得倒退下去，到後來水勢略緩，他又悟到了用槳之法，以左右互搏的心法，雙手分使「神龍擺尾」那一招。每一槳出去，都用上降龍十八掌的剛猛之勁，掌力直透槳端，左一槳「神龍擺尾」，右一槳「神龍擺尾」，把鐵舟推得宛似順水而行一般。

黃蓉讚道：「就是讓那壞蛋漁人來划，也未必能有這麼快！」

又行一陣，划過兩個急灘，一轉彎，眼前景色如畫，清溪潺潺，水流盤旋向上，溪水長了，水流雖向下沖，已不甚急。溪水寬約丈許，兩旁垂柳拂水，綠柳之間夾植著無數桃樹，若在春日桃花盛開之時，想見一片錦繡，繁華耀眼。這時雖無桃花，但水邊生滿一叢叢白色小花，芳香馥郁。靖蓉二人心曠神怡，想不到這高山之巔竟然別有一番天地。溪水碧綠如玉，深難見底，郭靖持住槳柄頂端，將鐵槳豎直下垂，想探知溪底究有多深，突然間一股大力衝到，他未曾防備，鐵槳幾欲脫手，原來溪水之下有一股激流疾衝而下，忙持雙槳續划，已不必如先前用力。

鐵舟緩緩向前駛去，綠柳叢間時有飛鳥鳴囀。黃蓉嘆道：「倘若我的傷好不了，就葬身此處，不再下去了。」郭靖正想說幾句話相慰，鐵舟忽然鑽入一個山洞。洞中香氣更濃，水流卻又湍急，只聽得一陣嗤嗤之聲不絕。郭靖道：「甚麼聲音？」黃蓉搖搖頭道：「我也不知道。」

眼前斗亮，鐵舟已然出洞，兩人不禁同聲喝采：「好！」原來洞外是兩個極大的噴泉，高達二丈有餘，奔雪濺玉，兩條巨大的水柱從石孔中直噴上來，飛入半空，嗤嗤之聲就是從噴泉發出。溪流至此而止，這噴泉顯是下面溪水與瀑布的源頭。

郭靖扶著黃蓉上岸，將鐵舟拉起放在石上，雙槳放入舟中，回過頭來，見水柱在太陽照耀下映出一條眩目奇麗的彩虹。當此美景，二人縱有百般讚美之意，也不知說甚麼話好，手攜著手，並肩坐在石上，胸中一片明淨，看了半晌，忽聽得彩虹後傳出一陣歌聲。

只聽他唱的是個〈山坡羊〉的曲兒：

「城池俱壞，英雄安在？雲龍幾度相交代？想興衰，苦為懷。唐家才起隋家敗，世態有如雲變改。疾，是天地差！遲，是天地差！」

那〈山坡羊〉小曲於唐宋時流傳民間，到處皆唱，調子雖一，曲詞卻隨人而作，何止千百？惟語句大都俚俗。黃蓉聽得這首曲子感慨世事興衰，大有深意，心下暗暗喝采。只見唱曲之人從彩虹後轉了出來，左手提著一綑松柴，右手握著一柄斧頭，原來是個樵夫。黃蓉立時想起瑛姑柬帖中所云：「若言求醫，更犯大忌，未登其堂，已先遭漁樵耕讀之毒手矣。」當時不明「漁樵耕讀」四字說的是甚麼，現下想來，捉金娃娃的是個漁人，此處又見樵子，那麼漁樵耕讀想來必是段皇爺手下的四名弟子或親信，不禁暗暗發愁：「闖過那漁人一關已好不容易。這樵子歌聲不俗，瞧來決非易與。那耕讀二人，又不知是何等人物？」只聽那樵子又唱道：

「天津橋上，憑欄遙望，舂陵王氣都凋喪。樹蒼蒼，水茫茫，雲台不見中興將，千古轉頭歸滅亡。功，也不久長！名，也不久長！」

他慢慢走近，隨意向靖蓉二人望了一眼，宛如不見，提起斧頭便在山邊砍柴。黃蓉見他容色豪壯，神態虎虎，舉手邁足間似是大將軍有八面威風。若非身穿粗布衣裳而在這山林間樵柴，必當他是位叱吒風雲的統兵將帥，心中一動：「南帝段皇爺是雲南大理國的皇帝，這樵子莫非是他朝中猛將？只是他歌中詞語，卻何以這般意氣蕭索？」又聽他唱道：

「峯巒如聚，波濤如怒，山河表裏潼關路。望西都，意躊躕。傷心秦漢經行處，宮闕萬間都做了土。興，百姓苦！亡，百姓苦！」

當聽到最後兩句，黃蓉想起父親常道：「甚麼皇帝將相，都是害民惡物，改朝換姓，就只苦了百姓！」不禁喝了聲采：「好曲兒！」

那樵子轉過身來，把斧頭往腰間一插，問道：「好？好在那裏？」

黃蓉欲待相答，忽想：「他愛唱曲，我也來唱個〈山坡羊〉答他。」微微一笑，記得昨晚那老者所唱的曲子，低頭唱道：

「清風相待，白雲相愛。夢不到紫羅袍共黃金帶。一茅齋，野花開，管甚誰家興廢誰成敗？陋巷單瓢亦樂哉。貧，氣如山！達，志如山！」

她料定這樵子是個隨南帝歸隱的將軍，昔日必曾手綰兵符，顯赫一時，因此她唱的這首曲中極讚糞土功名、山林野居之樂。她雖聰明伶俐，畢竟不是文人學士，如何在片刻之間便作了這樣一首好曲子出來？昨晚記誦那老者所唱之曲，最後兩句本是「朝，對青山！晚，對青山！」這時改了幾個字，以推崇這樵子當年富貴時的功業。只是她傷後缺了中氣，聲音未免過弱。

常言道：「千穿萬穿，馬屁不穿！」這一首小曲兒果然教那樵子聽得心中大悅，他見靖蓉二人乘鐵舟、挾鐵槳溯溪而上，自必是山下那漁人所借的舟槳，心曠神怡之際，也不多問，向山邊一指，道：「上去罷！」只見山邊一條手臂粗細的長藤，沿峯而上。靖蓉二人仰頭上望，見山峯的上半截隱入雲霧之中，不知峯頂究有多高。

兩人所唱的曲子，郭靖聽不懂一半，聽那樵子放自己上去，實不明是何原因，只怕他又起變卦，朗聲說道：「多謝大叔！」負起黃蓉，拔出金刀割下山邊一段較細的青藤，把黃蓉在自己背上緊緊綁住，雙手交握長藤，提氣而上。他雙臂交互攀援，爬得甚是迅捷，片刻之間，離地已有十餘丈，隱隱聽得那樵子又在唱曲，甚麼「……**當時紛爭今何處？贏，都變作土！輸，都變作土！**」

黃蓉伏在他背上笑道：「靖哥哥，依他說，咱們也別來求醫啦。」郭靖愕然，問道：「怎麼？」黃蓉道：「反正人人都要死，治好了，都變作土！治不好，都變作土！」郭靖道：「呸，別聽他的。」黃蓉輕輕唱道：「活，你背著我！死，你背著我！」郭靖大聲道：「對啦，不論死活，我都背著你！」黃蓉道：「靖哥哥，你說陰世路上你也必定背著我，我倒不怎麼怕死了！」

兩人鑽入雲霧之中，放眼白茫茫一片，雖當盛暑，身上卻已頗感寒意。黃蓉嘆道：「眼前奇景無數，就算治不好，也不枉了一場奔波。」郭靖道：「蓉兒，你別再說死啦活啦，成不成？」黃蓉低低一笑，在他頭頸中輕輕吹氣。郭靖只感頸中又熱又癢，叫道：「你再胡鬧！我一個失手，兩個兒一齊摔死。」黃蓉笑道：「好啊，這次可不是我說死啦活啦！」

郭靖一笑，無話可答，愈爬愈快，突見那長藤向前伸，原來已到了峯頂，剛踏上平地，猛聽得轟隆一聲巨響，似是山石崩裂，又聽得牛鳴連連，接著一個人大聲吆喝。郭靖奇道：「這麼高的山上也有牛，可當眞怪了！」負著黃蓉，循聲奔去。黃蓉道：「漁樵耕讀麼，耕田就得有牛。」

一言甫畢，只見山坡上一頭黃牛昂首吽鳴，所處形勢卻極怪異。那牛仰天臥在一塊岩石上，四足掙扎，站不起來，那石搖搖欲墜，下面一人擺起了丁字步，雙手托住岩石，只要一鬆手，勢必連牛帶石一起跌入下面深谷。那人所站處又是一塊突出的懸岩，無處退讓，縱然捨得黃牛不要，但岩石壓將下來，不是斷手，也必折足。瞧這情勢，必是那牛爬在坡上吃草，失足跌下，撞鬆岩石，那人便在近處，搶著托石救牛，自己卻陷入了這狼狽境地。黃蓉笑道：「適才唱罷『山坡羊』，轉眼又見『山坡牛』！」

那山峯頂上是塊平地，開墾成二十來畝山田，種著禾稻，一柄鋤頭抛在田邊，托石之人上身赤膊，腿上泥污及膝，顯見那牛跌下時他正在耘草。黃蓉放眼察看，心中琢磨：「此人自然是漁樵耕讀中的『耕』了。這頭牛少說也有三百斤上下，岩石的份量瞧來也當不輕，雖有一半靠著山坡，但那人穩穩托住，也算得是神力驚人。」郭靖解開青藤，將她往地下一放，奔了過去。黃蓉急叫：「慢來，別忙！」但郭靖救人要緊，挨到農夫身邊，蹲下身去舉手托住岩石，道：「我托著，你快去將牛牽開！」

那農夫手上斗輕，還不放心郭靖有偌大力氣托得起黃牛與大石，當下先鬆右手，側過身子，左手仍然托在石底。郭靖腳下踏穩，運起內勁，雙臂向上奮力挺舉，大石登時高起半尺，那農夫左手也就鬆了。

他稍待片刻，見那大石並不壓將下來，知道郭靖儘可支撐得住，這才彎腰從大石下鑽過，躍上山坡，要去牽開黃牛，不自禁向郭靖望了一眼，瞧瞧這忽來相助之人卻是何方英雄，一瞧之下，不由得大為詫異，但見他只是個十八九歲的少年，實無驚人之處，雙手托著黃牛大石，卻又顯得並不如何吃力。

那農夫自負膂力過人，看來這少年還遠在自己之上，不覺大起疑心，再向坡下望去，見一個少女倚在石旁，神情委頓，似患重病，懷疑更甚，向郭靖道：「朋友，到此何事？」郭靖道：「求見尊師。」那農夫道：「爲了何事？」

郭靖一怔，還未回答，黃蓉側身叫道：「你快牽牛下來，慢慢再問不遲。他一個失手，豈不連人帶牛都摔了下去？」

那農夫心想：「這二人來求見師父，下面兩位師兄怎無響箭射上？如爲硬闖兩關，武功自然了得。這時正好乘他鬆手不得，且問個明白。」於是又問：「來求我師父治病？」郭靖心道：「反正在下面已經說了，也就不必瞞他。」當下點點頭。那農夫臉色微變，道：「我先去問問。」說著也不去牽牛，從坡上躍下地來。郭靖大叫：「喂，你快先幫我把大石推開再說！」那農夫笑道：「片刻即回。」

黃蓉見這情狀，早已猜知那農夫心意，存心要耗卻郭靖的氣力，待他托著大石累到精疲力盡，再來援手，那時要攆二人下山，可說易如反掌，只恨自己傷後力氣全失，沒法相助推開大石，但見那農夫飛步向前奔去，不知到何時才再回來，心中又氣又急，叫道：「喂，大叔，快回來。」

那農夫停步笑道：「他力氣很大，托個一時三刻不會出亂子，放心好啦。」黃蓉心中更怒，暗道：「靖哥哥好意相救，你卻叫他鑽進圈套，竟說要他托個一時三刻。我且想個甚麼法兒也來損你一下。」眉尖微蹙，早有了主意，叫道：「大叔，你要去問過尊師，那也該當。這裏有一封信，是家師洪七公給尊師的，相煩帶去。」

那農夫聽得洪七公名字，「咦」了一聲，道：「原來姑娘是九指神丐弟子。這位小哥也是洪老前輩門下的嗎？難怪恁地了得。」說著走近來取信。

黃蓉點頭道：「嘿，他是我師哥，也不過有幾百斤蠻力，說到武功，可遠遠及不上大叔了。」慢慢打開背囊，假裝取信，卻先抖出那副軟蝟甲來，回頭向郭靖望了一眼，臉露驚惶神色，叫道：「啊喲，不好，他手掌要爛啦，大叔，快想法兒救他一救。」

那農夫一怔，隨即笑道：「不礙事。信呢？」伸手只待接信。黃蓉急道：「你不知道，我師哥正在練劈空掌，兩隻手掌昨晚浸過醋，還沒散功，壓得久了，手掌可就毀啦。」她在桃花島時曾跟父親練過劈空掌，知道練功的法門。

那農夫雖不會這門功夫，但他是名家弟子，見聞廣博，知道確有此事，心想：「倘若無端傷了九指神丐的弟子，不但師父必定怪罪，我心中可也過意不去，何況他又是好意出手救我。但不知這小姑娘的話是眞是假，只怕她行使詭計，卻是騙我去放他下來。」

黃蓉見他沉吟未決，拿起軟蝟甲一抖，道：「這是桃花島至寶軟蝟甲，刀劍不損，請大叔去給他墊在肩頭，再將大石壓上，那麼他既走不了，身子又不受損，豈非兩全其美？否則你毀了他手掌，我師父豈肯干休？定會來找你師父算帳。」那農夫倒也聽見過軟蝟甲的名字，將信將疑的接過手來。黃蓉見他仍有不信之意，道：「我師父教我，不可對人說謊，怎敢欺騙大叔？大叔要是不信，便在這甲上砍幾刀試試。」

那農夫見她神色間一片天眞無邪，心道：「九指神丐是前輩高人，言如金玉，我師父提到時向來十分欽佩。瞧這小姑娘模樣，確也不是撒謊之人。」只是爲了師父安危，絲毫不敢大意，從腰間拔出短刀，在軟蝟甲上砍了幾刀，那甲果然紋絲不傷，眞乃武林異寶，這時再無懷疑，道：「好，我去給他墊在肩頭就是。」他那知黃蓉容貌冰雪無邪，心中卻詭計多端，當下拿著軟蝟甲，挨到郭靖身旁，將甲披在他的右肩，雙手托住大石，臂上運勁，挺起大石，說道：「你鬆手罷，用肩頭抗住。」

黃蓉扶著山石，凝目瞧著二人，眼見那農夫托起大石，叫道：「靖哥哥，飛龍在天！」郭靖只覺手上一鬆，又聽得黃蓉呼叫，更無餘暇多想，立時右掌前引，左掌從右手腕底穿出，使一招降龍十八掌中的「飛龍在天」，人已躍在半空，右掌復又翻到左掌之前，向前撲出，落在黃蓉身旁，那軟蝟甲兀自穩穩的放在肩頭，只聽那農夫破口大罵，回頭看時，又見他雙手上舉，托著大石動也不能動了。

黃蓉極是得意，道：「靖哥哥，咱們走罷。」回頭向那農夫道：「你力氣很大，托個一時三刻不會出亂子，放心好啦。」

那農夫罵道：「小丫頭，使這勾當算計老子！你說九指神丐言而有信，哼，他老人家一世英名，都讓你這小丫頭給毀了。」黃蓉笑道：「毀甚麼啊？師父叫我不能撒謊，但我爹爹說騙騙人沒甚麼大不了。我愛聽爹爹的話，我師父可拿我沒法子。」那農夫怒問：「你爹爹是誰？」黃蓉道：「咦，我不是給你試過軟蝟甲麼？」那農夫大罵：「該死，該死！鬼丫頭是黃老邪的鬼女兒。我怎麼這等胡塗？」

黃蓉笑道：「是啊，我師父言出如山，是從來不騙人的。這件事難學得緊，我也不想學他。我說，還是我爹爹教得對呢！」格格而笑，牽著郭靖的手逕向前行。

注：

一、初寫本回時，只寫黃蓉所以能精通高深數學、難倒瑛姑，是受自父親黃藥師之教。數學是我故鄉（浙江海寧）的學術強項，清代大數學家李善蘭即海寧人，傳世的數學著作甚多。黃藥師是浙江舟山桃花島人，雖與我故鄉相距不遠，但學術上應該不相干了。我在嘉興中學（海寧現屬嘉興市）求學時，數學老師章克標先生亦海寧人，當代著名數學家陳省身先生是嘉興人，可惜作者雖對數學有興趣卻乏天資，只在初中時得俞芳老師之教，於幾何學略窺門徑，其後於構思小說結構時，頗有助於邏輯思維及推理，對老師感恩不忘。

一九九八年十一月臺北舉行「金庸小說國際學術研討會」，臺灣師範大學洪萬生教授提出了一篇很有價值的論文〈全眞教與金元數學〉，論文學殖深厚，範圍淵博，在會上宣讀及討論時，本書作者恭聆教言，又經歷了一次做學生的生涯，大感欽佩。洪教授論文的副題是「以李治（一一九二～一二七九）爲例」，他詳述金元時代大數學家李治的身世和學養，說到他的至交好友中有元好問（即作「問世間，情是何物」詞的大詞人）以及大數學家、全眞教道士趙友欽。趙是宋德方的再傳弟子，宋德方是全眞七子馬鈺與丘處機的弟子。所以李治如有機會間接聽到黃藥師或其傳人談論數學問題，也未始不可能。

李治的主要成就，在於將宋金元時代的「天元術」集大成，爲此後的「四元術」鋪路。天元術即中國的代數學，以一元或多元爲未知數，解方程式而求得未知數之值。李治的著作《敬齋古今黈》中談到的學術涉及經學、哲學、歷史、文學、天文、數學、醫學、術數、氣功、胎息、內丹等，可見他的淵博有點類似於黃藥師。他在書中有一段話說：「予至東平，得一算經，大概多明如積之術。以十九字志其上下層數，曰：仙、明、霄、漢、壘、層、高、上、天、人、地、下、低、減、落、逝、泉、暗、鬼。此蓋以人爲太極，而以天地各爲元而陟降之。」李治明言這十九元之說，是他在東平得一算經而知。那麼如說是黃藥師所創，黃蓉受了家傳，拿來嚇唬一下瑛姑也無不可。作此注釋，是對洪萬生教授的指教表示感謝。

二、作者於二〇〇〇年初夏，隨同圍棋老師聶衛平、林海峯，友人沈君山先生等前赴雲南麗江，參加「炎黃杯圍棋名人賽」，於木王府餘興晚會中，得聆「麗江古樂團」演奏唐宋遺曲，樂手多數爲白鬚老人，樂器用古琴、古箏、古笙等，女歌手合唱唐宋遺曲中，有後世傳爲元人張養浩所作之〈山坡羊〉：「峯巒如聚，波濤如怒……」及若干宋人遺曲。合唱曲有錄音帶出售（今仍可在麗江購得）。據該樂團領隊兼指揮宣科先生稱，該等古曲曾在英女皇、挪威國王等御前演奏，並曾在英國牛津大學演出，獲得讚賞，並贈以學術榮銜。千餘年前之古樂保存至今，殊爲不易。

我國詩文源流悠久，非一朝定有一朝之詩文，如李白作〈菩薩蠻〉詞，後人於敦煌石窟中發現不少唐人所抄寫之「宋詞」。此〈山坡羊〉諸曲或眞出自唐人手筆，流傳後世，元人張養浩聞而善之，加諸筆錄，後人遂訛以爲張所自作，亦非無可能。畢竟眞相若何，後人難知。王國維先生乃一代大學者，其名著《唐宋大曲考》中予此亦未述及。筆者曾查考唐韻、宋韻及元曲數次修改之韻腳，以古韻學素養太淺，難有結論，當再求教於碩學通人矣。欲究其原委，恐非今世考古學家、文學史家、古音樂家、敦煌學家、民族學家等研究不可。評者以本書「宋代才女唱元曲」爲笑，作者撰寫武俠說部，學識淺陋，於古代史實未能精熟，但求故事生動熱鬧，細節不免有誤。本書初作時，作者未去大理，不知此史實，本小段爲後補。在南詔覆沒之唐軍遺留云云，未必係事實，視作小說家言可也。

接連躍過了七個斷崖，忽聽得書聲朗朗，石梁已到盡頭，缺口彼端盤膝坐著個書生，左手拿著一卷書，正自朗誦。那書生背後又有一個短短缺口。

第三十回　一燈大師

兩人順著山路向前走去，行不多時，山路就到了盡頭，前面是條寬約尺許的石梁，橫架在兩座山峯之間，雲籠霧罩，不見盡處。若在平地，尺許小徑又算得了甚麼，可是這石梁下臨深谷，別說行走，只望一眼也不免膽戰心驚。黃蓉嘆道：「這位段皇爺藏得這麼好，就算誰跟他有潑天仇恨，尋到這裏，也已先消了一半氣。」郭靖道：「那漁人怎麼說段皇爺已不在塵世了？好教人放心不下。」黃蓉道：「這也當眞猜想不透，瞧他模樣，不像是在撒謊，又說師父是親眼見到段皇爺死的。」郭靖道：「到此地步，惟當有進無退。」蹲低身子揹起黃蓉，使開輕功提縱術，走上石梁。

石梁凹凸不平，又加終年在雲霧之中，水氣蒸浸，石上溜滑異常，走得慢了，反易傾跌。郭靖提氣快步而行，奔出七八丈，黃蓉叫道：「小心，前面斷了。」郭靖也已看到那石梁忽然中斷，約有七八尺長的一個缺口，當下奔得更快，借著一股衝力，飛躍而起。黃蓉連經凶險，早已把生死置之度外，笑道：「靖哥哥，你飛得可沒白鵰兒穩呢。」

奔一段，躍過一個缺口，接連過了七個斷崖，眼見對面山上是一大片平地，忽聽書聲朗朗，石梁已到盡頭，可是盡頭處卻有一個極長缺口，看來總在一丈開外，缺口彼端盤膝坐著個書生，左手拿著一卷書，正自朗誦，右手輕揮摺扇。那書生身後又有一個短短缺口。

郭靖止步不奔，穩住身子，登感不知所措：「若要縱躍而過，原亦不難，只是這書生佔住了衝要，除了他所坐之處，更無別地可資容足。」高聲說道：「晚輩求見尊師，相煩大叔引見。」那書生搖頭晃腦，讀得津津有味，於郭靖的話似乎全沒聽見。郭靖提高聲音再說一遍，那書生仍如充耳不聞。郭靖低聲道：「蓉兒，怎麼辦？」

黃蓉蹙眉不答，她一見那書生所坐的地勢，就知此事甚爲棘手，在這寬不逾尺的石梁之上，動上手即判生死，縱然郭靖獲勝，但此行是前來求人，如何能出手殺人？見那書生全不理睬，不由得暗暗發愁，再聽他所讀的原來是一部最平常不過的《論語》，只聽他讀道：「暮春者，春服既成，冠者五六人，童子六七人，浴乎沂，風乎舞雩，詠而歸。」讀得興高采烈，一誦三嘆，便似在春風中載歌載舞，喜樂無已。

黃蓉心道：「要他開口，只有出言相激。」冷笑一聲，說道：「《論語》縱然讀了千遍，不明夫子微言大義，也是枉然。」

那書生愕然止讀，抬起頭來，說道：「甚麼微言大義，倒要請教。」黃蓉打量那書生，見他約莫四十歲年紀，頭戴逍遙巾，手揮摺疊扇，頦下一叢漆黑的長鬚，是個飽學宿儒模樣，冷笑道：「閣下可知孔門弟子，共有幾人？」

那書生笑道：「這有何難？孔門弟子三千，達者七十二人。」黃蓉問道：「七十二人中有老有少，你可知其中冠者幾人，少年幾人？」那書生愕然道：「《論語》中未曾說起，其他經傳中亦無記載。」黃蓉道：「我說你不明經書上的微言大義，豈難道說錯了？剛才我明明聽你讀道：冠者五六人，童子六七人。五六得三十，成年的是三十人，六七四十二，少年是四十二人。兩者相加，不多不少是七十二人。瞧你這般學而不思，嘿，殆哉，殆哉！」

那書生聽她這般牽強附會的胡解經書，不禁啞然失笑，可是也暗服她的聰明機智，笑道：「小姑娘果然滿腹詩書，佩服，佩服。你們要見家師，爲著何事？」

黃蓉心想：「若說前來求醫，他必多方留難。可是此話又不能不答，好，他既在讀《論語》，我且掉幾句孔夫子的話來搪塞一番。」於是說道：「聖人，吾不得而見之矣！得見君子者，斯可矣。有朋自遠方來，不亦樂乎？」

那書生仰天大笑，半晌方止，說道：「好，好，我出三道題目考考你，倘若考得出，那就引你們去見我師父。倘有一道不中式，只好請兩位從原路回去了。」黃蓉道：「啊喲，我沒讀過多少書，太難的我可答不上來。」那書生笑道：「不難，不難。我這裏有一首詩，打四個字兒，你倒請猜猜看。」黃蓉道：「好啊，猜謎兒，這倒有趣，請唸罷！」

那書生撚鬚吟道：「六經蘊藉胸中久，一劍十年磨在手……」黃蓉伸了伸舌頭，說道：「文武全才，可了不起！」那書生一笑接吟：「杏花頭上一枝橫，恐洩天機莫露口。一點纍纍大如斗，卻掩半牀無所有。完名直待掛冠歸，本來面目君知否？」

黃蓉心道：「這是個老得掉了牙的謎語，本來難猜，幸好我早聽爹爹說過。『完名直待掛冠歸，本來面目君知否？』瞧你這等模樣，必是段皇爺當年朝中大臣，隨他掛冠離朝，歸隱山林。」便道：「『六』字下面一個『一』一個『十』，是個『辛』字。『杏』字上加橫、下去『口』，是個『未』字。半個『牀』字加『大』加一點，是個『狀』字。『完』掛冠，是個『元』字。辛未狀元，失敬失敬，原來是位辛未科的狀元爺。」

那書生一呆，本以爲這字謎頗爲難猜，縱然猜出，也得耗上半天，在這窄窄的石梁之上，那少年武功再高，只怕也難以久站，要叫二人知難而退，乖乖的回去，豈知黃蓉竟似不加思索，隨口而答，不禁詫異，說道：「這是個古人的謎語，並非說的是區區在下，小姑娘淵博得緊。」心想這女孩兒原來十分聰明，倒不可不出個極難的題目來難難她，四下一望，見山邊一排棕櫚，樹葉隨風而動，宛若揮扇，他即景生情，搖了搖手中的摺扇，說道：「我有一個上聯，請小姑娘對對。」

黃蓉道：「對對子可不及猜謎兒有趣啦，好罷，我若不對，看來你也不能放我們過去，你出對罷。」

那書生揮扇指著一排棕櫚道：「風擺棕櫚，千手佛搖摺疊扇。」這上聯既是即景，又隱然自抬身分。

黃蓉心道：「我若單以事物相對，不含雙關之義，未擅勝場。」遊目四顧，只見對面平地上有一座小小寺院，廟前有個荷塘，此時七月將盡，高山早寒，荷葉已然凋了大半，心中一動，笑道：「對子是有了，只得罪大叔，說來不便。」那書生道：「但說不妨。」黃蓉道：「你可不許生氣。」那書生道：「自然不氣。」黃蓉指著他頭上戴的逍遙巾道：「好，我的下聯是：『霜凋荷葉，獨腳鬼戴逍遙巾』。」

這下聯一說，那書生哈哈大笑，說道：「妙極，妙極！不但對仗工整，而且敏捷之至。」郭靖見那蓮梗撐著一片枯凋的荷葉，果然像是個獨腳鬼戴了一頂逍遙巾，也不禁笑了起來。黃蓉笑道：「別笑，別笑，一摔下去，咱倆可成了兩個不戴逍遙巾的小鬼啦！」

那書生心想：「尋常對子是定然難不倒她的了，我可得出個絕對。」猛然想起少年時在塾中讀書之時，老師曾說過一個絕對，數十年來無人能對得工整，說不得，只好難她一難，說道：「我還有一聯，請小姑娘對個下聯：『琴瑟琵琶，八大王一般頭面』。」

黃蓉聽了，心中大喜：「琴瑟琵琶四字中共有八個王字，本來確是十分難對。幸好這是個老上聯，不是你自己想出來的。爹爹當年在桃花島上閒著無事，早就對出來了。我且裝作好生爲難，逗他一逗。」皺起了眉頭，作出愁眉苦臉之狀。那書生見難倒了她，甚是得意，只怕黃蓉反過來問他，便說在頭裏：「這一聯本來極難，我也對不工穩。不過咱們話說在先，小姑娘既然對不出，只好請回了。」

黃蓉笑道：「若說要對此對，卻有何難？只是適才一聯已得罪了大叔，現在這一聯是一口氣要得罪漁樵耕讀四位，是以說不出口。」那書生不信，心道：「你能對出已是千難萬難，豈能同時又嘲諷我師兄弟四人？」說道：「但求對得工整，取笑又有何妨？」黃蓉笑道：「既然如此，我告罪在先，這下聯是：『魑魅魍魎，四小鬼各自肚腸』。」

那書生大驚，站起身來，長袖一揮，向黃蓉一揖到地，說道：「在下拜服。」

黃蓉回了一禮，笑道：「若不是四位各逞心機要阻我們上山，這下聯原也難想。」

原來當年黃藥師作此對時，陳玄風、陸乘風、武罡風、馮默風四弟子隨侍在側，黃藥師以此與四弟子開個玩笑。其時黃蓉尚未出世，後來聽父親談及，今日卻拿來移用到漁樵耕讀四人身上。

那書生哼了一聲，轉身縱過小缺口，道：「請罷。」郭靖站著靜聽兩人賭試文才，只怕黃蓉一個回答不出，前功盡棄，待見那書生讓道，心中大喜，當下提氣躍過缺口，在那書生先前坐處落足一點，又躍過了最後那小缺口。

那書生見他負了黃蓉履險如夷，心中也自嘆服：「我自負文武雙全，其實文不如這少女，武不如這少年，慚愧啊慚愧。」側目再看黃蓉，只見她洋洋得意，想是女孩兒折服了一位飽學宿儒，掩不住心中喜悅之情，心想：「我且取笑她一番，好教她別太得意了！」於是說道：「姑娘文才雖佳，行止卻是有虧。」黃蓉道：「倒要請教。」那書生道：「《孟子》書中有云：『男女授受不親，禮也。』瞧姑娘是位閨女，跟這位小哥並非夫妻，卻何以由他負在背上？孟夫子只說嫂溺，叔可援之以手。姑娘既沒掉在水裏，又非這小哥的嫂子，這樣背著抱著，不免大違禮教。」

黃蓉心道：「哼，靖哥哥和我再好，別人總知道他不是我丈夫。陸乘風陸師哥這麼說，這個書生又這麼說。」當下小嘴一扁，說道：「孟夫子最愛胡說八道，只怕跟閣下也差不多。他的話怎麼也信得的？」

那書生怒道：「孟夫子是大聖大賢，他的話怎麼信不得？」黃蓉笑吟道：「乞丐何曾有二妻？鄰家焉得許多鷄？當時尚有周天子，何事紛紛說魏齊？」那書生越想越對，呆在當地，半晌說不出話來。

原來這首詩是黃藥師所作，他非湯武、薄周孔，對聖賢傳下來的言語，挖空了心思加以駁斥嘲諷，曾作了不少詩詞歌賦來諷刺孔孟。孟子講過一個故事，說齊人有一妻一妾而去乞討殘羹冷飯，又說有一個人每天要偷鄰家一隻鷄。黃藥師就說這兩個故事是騙人的。這首詩最後兩句言道：戰國之時，周天子尙在，孟子何以不去輔佐王室，卻去向梁惠王、齊宣王求官做？這未免大違於聖賢之道。

那書生心想：「齊人與攘鷄，原是比喻，不足深究，但最後這兩句，只怕起孟夫子於地下，亦難自辯。」又向黃蓉瞧了一眼，心道：「小小年紀，怎恁地精靈古怪？」當下不再言語，引著二人前行。經過荷塘之時，見到塘中荷葉，不禁又向黃蓉一望。黃蓉噗哧一笑，轉過頭去。三人來到一座小小廟宇之前。

那書生引二人走進廟內，請二人在東廂坐了，小沙彌奉上茶來。那書生道：「兩位稍候，待我去稟告家師。」郭靖道：「且慢！那位耕田的大叔，在山坡上手托大石，脫身不得，請大叔先去救了他。」那書生吃了一驚，飛奔而出。

黃蓉道：「可以拆開那黃色布囊啦。」郭靖道：「啊，你若不提，我倒忘了。」忙取出黃囊拆開，只見囊裏白紙上並無一字，卻繪了一幅圖，圖上一個天竺國人作王者裝束，正用刀割切自己胸口肌肉，全身已割得體無完膚，鮮血淋漓。他身前有一架天平，天平一端站著一隻白鴿，另一邊堆了他身上割下來的肌肉，鴿子雖小，卻比大堆肌肉還要沉重。天平之旁站著一頭猛鷹，神態兇惡。這圖筆法頗爲拙劣，黃蓉心想：「那瑛姑原來沒學過繪畫，字倒寫得不錯，這幅圖卻如小孩兒塗鴉一般。」瞧了半天，不明圖中之意。郭靖見她竟也猜想不出，自己也就不必多耗心思，將圖摺起，握在掌中。

殿上腳步聲響，那農夫怒氣沖沖，在那書生攙扶下走進廂房，自是給大石壓得久了，累得精疲力盡。約莫又過一盞茶時分，一個小沙彌走了進來，雙手合什，行了一禮，說道：「兩位遠道來此，不知有何貴幹？」郭靖道：「特來求見段皇爺，相煩通報。」那小沙彌合什道：「段皇爺早已不在塵世，累兩位空走一趟。且請用了素齋，待小僧恭送下山。」

郭靖大失所望，心想千辛萬苦的到了此間，仍得到這樣一個回覆，這便如何是好？但黃蓉見了廟宇，已猜到三成，這時見到小沙彌神色，更猜到了五六成，從郭靖手中接過那幅圖畫，說道：「弟子郭靖、黃蓉求見。盼尊師念在九指神丐與桃花島故人之情，賜見一面。這一張紙，相煩呈給尊師。」

小沙彌接過圖畫，不敢打開觀看，合什行了一禮，轉身入內。

這一次他不久即回，低眉合什道：「恭請兩位。」郭靖大喜，扶著黃蓉隨小沙彌入內。那廟宇看來雖小，裏邊卻甚進深。三人走過一條青石鋪的小徑，又穿過一座竹林，綠蔭森森，寂靜清幽。竹林中隱著三間石屋。小沙彌輕輕推開屋門，讓在一旁，躬身請二人進屋。

郭靖見小沙彌恭謹有禮，向他微笑點頭示謝，然後與黃蓉並肩而入。只見室中小几上點著一爐檀香，几旁兩個蒲團上各坐一個僧人。一個肌膚黝黑，高鼻深目，顯是天竺國人。另一個身穿粗布僧袍，兩道長長的白眉從眼角垂了下來，面目慈祥，眉間雖隱含愁苦，但一番雍容高華神色，卻一望而知。那書生與農夫侍立在他身後。

黃蓉此時再無懷疑，輕輕一拉郭靖的手，走到那長眉僧人之前，躬身下拜，說道：「弟子郭靖、黃蓉，參見師伯。」郭靖心中一愣，當下也不暇多想，隨著她爬在地下，著力磕了四個響頭。

那長眉僧人微微一笑，站起身來，伸手扶起二人，笑道：「七兄收得好弟子，藥兄生得好女兒啊。聽他們說，」向農夫與書生一指，「兩位文才武功，俱遠勝於我的劣徒，哈哈，可喜可賀。」

郭靖心想：「這口吻明明是段皇爺了，但皇帝怎麼變成了和尚，他們怎麼又說他已不在塵世？可教人摸不著頭腦了。蓉兒怎麼又知道他就是段皇爺？」

那僧人向黃蓉道：「你爹爹和你師父都好罷？想當年在華山絕頂與你爹爹比武論劍，他尚未娶親，不意一別二十年，居然生下了這麼俊美的女兒。你還有兄弟姊妹嗎？

你外祖是那一位前輩英雄？」

黃蓉眼圈一紅，說道：「我媽就只生我一個，她早去世啦，我外婆家姓馮，外祖父是誰我也不知。」那僧人輕拍她肩膀安慰，說道：「我入定了三日三夜，剛才回來，你們到久了罷？」黃蓉尋思：「瞧他神色，倒很喜歡見到我們，那麼一路阻攔，不令我們上山，都是他弟子們的主意了。」答道：「弟子也是剛到。幸好幾位大叔在途中多方留難，否則就算早到了，師伯入定未回，也是枉然。」

那僧人呵呵笑道：「他們就怕我多見外人。其實，你們又那裏是外人了？小姑娘一張利口，確是家學淵源。段皇爺早不在塵世啦，我現下叫作一燈和尚。你師父親眼見我皈依三寶，你爹爹只怕不知罷？」

郭靖這時方才恍然大悟：「原來段皇爺落髮做了和尚，出了家便不是俗世之人，因此他弟子說段皇爺早已不在塵世，我師父親眼見他皈佛爲僧，倘若命我等前來找他，自然不會再說來見段皇爺，必是說來求見一燈大師。蓉兒眞聰明，一見他面就猜到了。」只聽黃蓉說道：「我爹爹並不知曉。我師父也沒向弟子說知。」

一燈笑道：「是啊，你師父的口多入少出，吃的多，說的少，老和尚的事他決計不會跟人說起。你們遠來辛苦，用過了齋飯沒有？咦！」說到這裏突然一驚，拉著黃蓉的手走到門口，讓她的臉對著陽光，細細審視，臉上憂色不斷加深。

郭靖縱然遲鈍，也瞧出一燈大師已發覺黃蓉身受重傷，心中酸楚，突然雙膝跪地，向他連連磕頭，砰砰有聲。一燈伸手往他臂下一抬，郭靖只感一股大力將他身子掀起，不敢運勁相抗，隨著來力勢頭，緩緩站起，顫聲哀懇：「求師伯救命！」

一燈適才這一抬，一半命他不必多禮，一半卻是試他功力，這一抬只使了五成力，若覺他抵擋不住，立時收勁，也決不致將他掀個觔斗，如抬他不動，當再加勁，只這一抬之間，就可明白對方武功深淺，豈知郭靖竟順著來勢緩緩站起，將他勁力自然而然的化解了，這比抬他不動更令一燈吃驚，暗道：「七兄收的好徒弟，無怪我徒兒自愧不如。」

郭靖那一句「求師伯救命！」剛說完，突然立足不穩，不由自主的踏出一步，急忙運勁站定，但已心浮氣粗，滿臉脹得通紅，大吃一驚：「這位師伯的勁力竟持續得這麼久！我只道已經化開，那知他借力打力，來勁雖解，隔了片刻之後，我自己的反力卻將我向前推出，比之這位師伯，我可差得太遠了。東邪西毒，南帝北丐，當眞名不虛傳。」這一下拜服得五體投地，胸中所思，臉上即現。

一燈見他目光中露出又驚又佩的神色，伸手輕輕拍了拍他肩膀，笑道：「練到你這樣，也已挺不容易了啊。」這時他拉著黃蓉的手尙未放開，一轉頭，笑容立斂，低聲道：「孩子，不用怕，放心好啦。」扶著她坐上蒲團。

黃蓉一生之中從未有人如此慈祥相待，父親雖然愛憐，可是說話行事古裏古怪，平時相處，倒似她是一個平輩好友，父女之愛深藏不露，這時聽了一燈這幾句溫暖之極的話，就像忽然遇到了她從未見過面的親娘，受傷以來的種種痛楚委屈苦忍已久，這時再也克制不住，「哇」的一聲，哭了出來。一燈大師柔聲安慰：「乖孩子，別哭，別哭！你身上傷痛，伯伯一定給你治好。」他越說得親切，黃蓉心中百感交集，哭得越厲害，到後來抽抽噎噎的竟難止歇。

郭靖聽他答應治傷，心中大喜，一轉頭間，忽見那書生與農夫橫眉凸睛、滿臉怒容的瞪著自己，心中歉然：「我們來到此處，全憑蓉兒使詐用智，無怪他們發怒。但一燈大師如此慈和，他四個弟子卻定要阻攔，不知是甚麼緣故。」

一燈大師問道：「孩子，你怎樣受的傷，怎樣找到這裏，慢慢說給伯伯聽。」黃蓉收淚述說，將怎樣誤認裘千仞為裘千丈、怎樣受他雙掌推擊等情說了。一燈聽到鐵掌裘千仞的名字時，眉頭微微一皺，隨即又神定氣閒的聽著。黃蓉述說之時，一直留心察看一燈大師的神情，他雖只眉心稍蹙，卻也逃不過她眼光；待講到如何在森林黑沼中遇到瑛姑、她怎樣指點前來求見，一燈大師的臉色在一瞬間又是一沉，似乎突然想到了一件痛心疾首的往事。黃蓉便即住口。過了片刻，一燈大師嘆了口氣，問道：「後來怎樣？」黃蓉接著述說漁樵耕讀的諸般留難，樵子是輕易放他們上來的，著實誇獎了他幾句，對其餘三人卻加油添醬的都告了一狀，只氣得書生與農夫二人更加怒容滿臉。郭靖幾次插口道：「蓉兒，別瞎說，那位大叔沒這麼兇！」但她在一燈面前撒嬌使賴，張大其辭，把一燈身後兩弟子只聽得臉上一陣紅、一陣青，礙於在師尊面前，不敢接一句口。

一燈大師連連點頭，道：「咳，對待遠客，怎可如此？這幾個孩兒對朋友眞是無禮，待會我叫他們向你兩個賠不是。」

黃蓉向那書生與農夫瞪了一眼，甚是得意，口中不停，直說到怎樣進入廟門，道：「後來我把那幅圖畫給你看，你叫我進來，他們才不再攔我。」一燈奇道：「甚麼圖畫？」黃蓉道：「就是那幅老鷹啦、鴿子啦、割肉啦的畫。」一燈問道：「你交給誰了？」黃蓉還未回答，那書生從懷中取了出來，雙手捧住，說道：「在弟子這裏。剛才師父入定未回，還沒呈給師父過目。」

一燈伸手接過，向黃蓉笑道：「你瞧。你如不說，我就看不到啦。」慢慢打開那幅畫來，一瞥之間，已知圖中之意，笑道：「原來人家怕我不肯救你，拿這畫來激我，那不是忒也小覷了老和尚麼？」黃蓉一轉頭，見那書生與農夫臉上顯得又焦急又關切，心中大為疑惑：「幹麼他們聽到師父答應給我治病，就如要了他們命根子似的，難道治病的藥是至寶靈丹，實在捨不得麼？」

回過頭來，見一燈在細細審視那畫，隨即拿到陽光下透視紙質，輕輕彈了幾下，臉上大有懷疑之色，對黃蓉道：「這是瑛姑畫的麼？」黃蓉道：「是啊。」一燈沉吟半晌，又問：「你親眼瞧見她畫的？」黃蓉料想其中必有蹊蹺，回想當時情景，說道：「瑛姑書寫之時，背向我們，我只見她筆動，卻沒親眼見到她書畫。」一燈道：「你說還有兩隻布囊，囊中的柬帖給我瞧瞧。」郭靖取了出來。一燈看了，神色微變，低聲道：「果眞如此。」

他把三張柬帖都遞給黃蓉，道：「藥兄是書畫名家，你家學淵源，必懂鑒賞，倒瞧瞧這三張柬帖有何不同。」黃蓉接過手來一看，就道：「這兩張柬帖只是尋常玉版紙，畫著圖畫的卻是舊繭紙，向來甚爲少見。」

一燈大師點頭道：「嗯，書畫我是外行，你看這幅畫功力怎樣？」黃蓉細細瞧了幾眼，笑道：「伯伯還裝假說外行呢！你早就瞧出這畫不是瑛姑繪的啦。」一燈臉色微變，說道：「那麼當眞不是她繪的了？我只是憑事理推想，並非從畫中瞧出。」黃蓉拉著他手臂道：「伯伯你瞧，這兩張柬帖中的字筆致柔弱秀媚，圖畫中的筆法卻瘦硬之極。嗯，這幅圖是男人畫的，對啦，定是男人的手筆，這人全無書畫素養，甚麼間架、翎毛一點也不懂，可是筆力沉厚遒勁，直透紙背……這墨色可舊得很啦，我看比我的年紀還大。」

一燈大師嘆了口氣，指著竹几上一部經書，示意那書生拿來。那書生取將過來，遞在師父手中。黃蓉見經書封面的黃籤上題著兩行字道：「大莊嚴論經。馬鳴菩薩造。西域龜茲三藏鳩摩羅什譯。」心道：「他跟我講經，那我可一竅不通啦。」一燈隨手將經書揭開，將那幅畫放在書旁，道：「你瞧。」黃蓉「啊」的一聲低呼，說道：「紙質一樣。」一燈點了點頭。郭靖不懂，低聲問道：「甚麼紙質一樣？」黃蓉道：「你細細比較，這經書的紙質和那幅畫不是全然相同麼？」郭靖仔細看時，果見經書的紙質粗糙堅厚，雜有一條條黃絲，與畫紙一般無異，道：「當眞是一樣的，那又怎樣？」黃蓉不答，眼望一燈大師，待他解釋。

一燈大師道：「這部經書是我師弟從西域帶來送我的。」靖蓉二人自和一燈大師說話之後，一直沒留心那天竺僧人，這時齊向他望去，只見他盤膝坐在蒲團之上，對各人說話似充耳不聞。一燈又道：「這部經以西域的紙張所寫，這幅畫也是西域的紙張。你聽說過西域白駝山之名麼？」黃蓉驚道：「西毒歐陽鋒？」一燈緩緩點頭，道：「不錯，這幅畫是歐陽鋒所繪。」

一聽此言，郭靖、黃蓉俱都大驚，一時說不出話來。

一燈微笑道：「這位歐陽居士處心積慮，眞料得遠啊。」黃蓉道：「伯伯，我不知這畫是老毒物繪的，這人定然不懷好意。」一燈微笑道：「一部九陰眞經，也瞧得忒大。」黃蓉道：「這畫跟九陰眞經有關麼？」一燈見她興奮驚訝之下，頰現暈紅，其實已吃力異常，只強運內力撐住，伸手扶住她右臂，說道：「這事將來再說，先治好你的傷要緊。」扶著她慢慢走向旁邊廂房，將到門口，那書生和農夫突然互使個眼色，搶在門口，同時跪下，說道：「師父，待弟子給這位姑娘醫治。」

一燈搖頭道：「你們功力夠麼？能醫得好麼？」那書生和農夫道：「弟子勉力一試。」一燈大師臉色微沉，道：「人命大事，豈容輕試？」那書生道：「這二人受奸人指使來此，決無善意。師父雖慈悲爲懷，也不能中了奸人毒計。」一燈大師嘆了口氣道：「我平日教了你們些甚麼來？你拿這畫好生瞧瞧去。」說著將畫遞給了他。那農夫磕頭道：「這畫是西毒繪的，師父，是歐陽鋒的毒計。」說著神態惶急，淚流滿面。

靖蓉二人都大惑不解，尋思：「醫傷治病，怎地有恁大干係？」

一燈大師輕聲道：「起來，起來，別讓客人心中不安。」他聲調雖然和平，但語氣卻極堅定。二弟子知道無可再勸，只得垂頭站起。

一燈大師扶著黃蓉進了廂房，向郭靖招手道：「你也來。」郭靖跟著進房。一燈將門上捲著的竹簾垂了下來，點了一根線香，插在竹几上的爐中。

房中四壁蕭然，除一張竹几外，只地下三個蒲團。一燈命黃蓉在中間一個蒲團上坐了，自行盤膝坐在她身旁的蒲團上，向竹簾望了一眼，對郭靖道：「你守著房門，別讓人進來，即令是我的弟子，也不得放入。」郭靖答應了。一燈閉了雙眼，忽又睜眼說道：「他們如要硬闖，你就動武好了。干係你師妹的性命，要緊，要緊。」郭靖道：「是！」心中更加詫異：「你幾名弟子對你這般敬畏，怎敢違抗師命，硬闖進來？」

一燈轉頭對黃蓉道：「你全身放鬆，不論如何痛癢難當，千萬不可運氣抵禦。」黃蓉笑道：「我就算自己已經死啦。」一燈一笑，道：「女娃兒當眞聰明。」閉目垂眉，入定運功，待那線香燃了一寸來長，忽地躍起，左掌撫胸，右手伸出食指，緩緩向她頭頂百會穴上點去。黃蓉全身不由自主的微微一跳，只覺一股熱氣從頂門直透下來。

一燈大師一指點過，立即縮回，他身子未動，第二指已點向她百會穴後一寸五分處的後頂穴，接著強間、腦戶、風府、大椎、陶道、身柱、神道、靈台一路點將下來，一枝線香約燃了一半，已將她督脈的三十大穴順次點到。

郭靖此時武功見識俱已大非昔比，站在一旁見他出指舒緩自如，收臂瀟洒飄逸，點這三十處大穴，竟使了三十般不同手法，每一招卻又均堂廡開廓，各具氣象，江南六怪固然未曾教過，九陰眞經的「點穴章」中亦未得載，眞乃見所未見，聞所未聞，只瞧得他神馳目眩，張口結舌。心想他所使的，當是「南帝」馳名天下的「一陽指」，他只道一燈大師是在顯示上乘武功，那想到他正以畢生功力爲黃蓉打通周身的奇經八脈。

督脈點完，一燈坐下休息，待郭靖換過線香，又躍起點在她任脈的二十五大穴，這次使的卻全是快手，但見他手臂顫動，猶如蜻蜓點水，一口氣尚未換過，已點完任脈各穴，這二十五招雖快似閃電，但著指之處，竟沒分毫偏差。郭靖驚佩無已，心道：「咳，天下竟有這等功夫！」

待點到陰維脈的一十四穴，手法又自不同，只見他龍行虎步，神威凜凜，雖身披袈裟，但在郭靖眼中看來，那裏是個皈依三寶的僧人，直是一位君臨萬民的皇帝。陰維脈點完，一燈大師逕不休息，直點陽維脈三十二穴。這一次是遙點，他身子遠離黃蓉一丈開外，倏忽之間，欺近身去點了她頸中的風池穴，一中即離，快捷無倫。

郭靖心道：「當與高手爭搏之時，近鬥兇險，若用這手法，既可克敵，又足保身，實是無上妙術。」凝神觀看一燈的趨退轉折，搶攻固然神妙，尤難的卻是在一攻而退，魚逝兔脫，無比靈動，忽然心想：「那瑛姑和我拆招之時，身法滑溜之極，與大師這路點穴法有三分相像，倒似是跟大師學的一般，但高下可差得遠了。」

再換兩枝線香，一燈大師已點完她陰蹻、陽蹻兩脈，當點至肩頭巨骨穴時，郭靖突然心中一動：「啊，九陰眞經中何嘗沒有？只不過我這蠢才一直不懂而已。」心中暗誦經文，但見一燈大師出招收式，依稀與經文相合，不過經文中但述要旨，一燈大師的點穴法卻更有無數變化。一燈大師此時宛如現身說法，以神妙武術揭示九陰眞經中的種種秘奧。郭靖未得允可，自不敢逕去學他的一陽指指法，然於眞經妙詣，卻已大有所悟。這時依稀明白：身有內功之人，受傷後全身經脈封閉，九陰眞經中所載療傷之法，是旁人以內力助傷者以內息通行全身周天各穴。但黃蓉受傷太重，無法如郭靖一般，傷後在牛家村密室中運息通穴療傷，一燈大師純以外力助她氣透周身穴道，其理相同，只不過一者引動自力自療，一者則全以外力他療。

最後帶脈一通，即是大功告成。那奇經七脈都上下交流，帶脈卻環身一周，絡腰而過，狀如束帶，是以稱爲帶脈。這次一燈大師背向黃蓉，倒退而行，反手出指，緩緩點她章門穴。這帶脈共有八穴，一燈出手極慢，似乎點得甚是艱難，口中呼呼喘氣，身子搖搖晃晃，大有支撐不住之態。

郭靖暗自心驚，見一燈額上大汗淋漓，長眉梢頭汗水如雨而下，要待上前相扶，卻又怕誤事，看黃蓉時，她全身衣服也已爲汗水濕透，蹙眉咬唇，想是在竭力忍痛。

忽然唰的一聲，背後竹簾捲起，一人大叫：「師父！」搶進門來。郭靖心中念頭尚未轉定，已使一招「神龍擺尾」，右掌向後揮出，啪的一聲，擊在那人肩頭，隨即回過身來，只見一人身子搖晃，踉蹌退了兩步，正是那個漁人。他鐵舟、鐵槳遭奪，無法自溪水中上峯，只得遠兜圈子，多走了二十餘里，從山背迂迴而上。待得趕到，聽得師父已在爲那小姑娘治傷，情急之下，便即闖入，意欲死命勸阻，不料爲郭靖一招推出，正欲再上，樵子、農夫、書生三人也已來到門外。

那書生怒道：「完啦，還阻攔甚麼？」郭靖回過頭來，只見一燈大師已盤膝坐上蒲團，臉色慘白，僧袍盡濕，黃蓉卻已跌倒，一動也不動，不知生死。郭靖大驚，搶過去扶起，鼻中先聞到一陣腥臭，看她臉時，白中泛青，全無血色，然一層隱隱黑氣卻已消逝，伸手探她鼻息，但覺呼吸沉穩，先放心了大半。

漁樵耕讀四弟子圍坐在師父身旁，不發一言，均神色焦慮。

郭靖凝神望著黃蓉，見她臉色漸漸泛紅，心中更喜，豈知那紅色愈來愈甚，到後來雙頰如火，再過一會，額上汗珠滲出，臉色又漸自紅至白。這般轉了三會，發了三次大汗，黃蓉「嚶」的一聲低呼，睜開雙眼，說道：「靖哥哥，爐子呢，咦，冰呢？」郭靖聽她說話，喜悅無已，顫聲道：「甚麼爐子？冰？」黃蓉轉頭四望，搖了搖頭，笑道：「啊，我做了個惡夢，夢到歐陽鋒啦，歐陽克啦，裘千仞啦，他們把我放進爐子裏燒烤，又拿冰來凍我，等我身子涼了，又去烘火，咳，眞是怕人。咦，伯伯怎麼啦？」

一燈緩緩睜眼，笑道：「你的傷好啦，休息一兩天，別亂走亂動，那就沒事。」黃蓉道：「我全身沒點力氣，手指頭兒也懶得動。」那農夫橫眉怒目，向她瞪了一眼。黃蓉不理，向一燈道：「伯伯，你費這麼大的勁醫我，一定累得厲害，我有依據爹爹秘方配製的九花玉露丸，你服幾丸，好不好？」一燈喜道：「好啊，想不到你帶有這補神健體的妙藥。那年華山論劍，個個鬥得有氣沒力，你爹爹曾分給大家一起服食，果然靈效無比。」郭靖忙從黃蓉衣囊中取出那小瓶藥丸，呈給一燈。樵子趕到廚下取來一碗清水，書生將一瓶藥丸盡數倒在掌中，遞給師父。

一燈笑道：「那用得著這許多？這藥丸調製不易，咱們討一半吃罷。」那書生急道：「師父，就把世上所有靈丹妙藥搬來，也還不夠呢。」一燈拗不過他，自感內力耗竭，從他手中將數十粒九花玉露丸都吞服了，喝了幾口清水，對郭靖道：「扶你師妹去休息兩日，下山時不必再來見我。嗯，有一件事你們須得答允我。」

郭靖拜倒在地，咚咚咚咚，連磕四個響頭。黃蓉平日對人嘻皮笑臉，就算在父親、師父面前，也全無小輩規矩，這時向一燈盈盈下拜，低聲道：「伯伯活命之恩，姪女不敢有一時一刻忘記。」

一燈微笑道：「還是轉眼忘了的好，也免得心中牽掛。」回頭對郭靖道：「你們這番上山來的情景，不必向旁人說起，就算對你師父，也就別提。」郭靖正自盤算如何接洪七公上山求他治傷，聽了此言，不禁愕然怔住，說不出話來。

一燈微笑道：「以後你們也別再來了，我們大夥兒日內就要搬家。」郭靖忙問：「搬去那裏？」一燈微笑不語。黃蓉心道：「傻哥哥，他們就是因為此處的行蹤給咱們發見了，因此要搬家，怎能對你說？」想到一燈師徒在此一番辛苦經營，為了受自己之累，須得全盤捨卻，更歉仄無已，心想此恩此德只怕終身難報了，也難怪漁樵耕讀四人要竭力阻止自己上山，想到此處，向四弟子望了一眼，要想說幾句話賠個不是。

一燈大師臉色突變，身子幾下搖晃，伏倒在地。

四弟子和靖蓉大驚失色，同時搶上扶起，只見他臉上肌肉抽動，似在極力忍痛。六人心中惶急，垂手侍立，不敢作聲。過了一盞茶時分，一燈臉上微露笑容，向黃蓉道：「孩子，這九花玉露丸是你爹爹親手調製的麼？」黃蓉道：「不是，是我師哥陸乘風依著爹爹的秘方所製。」一燈道：「你可曾聽爹爹說過，這丸藥服得過多反爲有害麼？」黃蓉大吃一驚，心道：「難道這九花玉露丸有甚不妥？」忙道：「爹爹曾說服得越多越好，只調製不易，他自己也不捨得多服。」

一燈低眉沉思半晌，搖頭道：「你爹爹神機妙算，人所難測，我怎猜想得透？難道是他要懲治你陸師兄，給了他一張假方？又難道你陸師兄跟你有仇，在一瓶藥丸之中雜了幾顆毒藥？」衆人聽到「毒藥」兩字，齊聲驚呼。那書生道：「師父，你中了毒？」一燈微笑道：「好得有你師叔在此，再厲害的毒藥也害不死人。」

四弟子怒不可抑，向黃蓉罵道：「我師父好意相救，你膽敢用毒藥害人？」四人團團將靖蓉圍住，立刻就要動手。

這下變起倉卒，郭靖茫然無措，不知如何是好。黃蓉聽一燈問第一句話，即知是九花玉露丸出了毛病，瞬息之間，已將自歸雲莊受丸起始的一連串事件在心中查核了一遍，待得想到在黑沼茅屋之中，瑛姑曾拿那瓶丸藥到另室中細看，隔了良久方才出來，心中登時雪亮，叫道：「伯伯，我知道啦，是瑛姑。」一燈道：「又是瑛姑？」黃蓉當下說了黑沼茅屋中的情狀，並道：「她叮囑我千萬不可再服這丸藥，自然因爲她在其中混入了外形相同的毒丸。」那農夫厲聲道：「哼，她待你眞好，就怕害死了你。」

黃蓉想到一燈已服毒丸，心中難過萬分，再無心緒反唇相稽，只低聲道：「倒不是怕害死我，只怕我服了毒丸，就害不到伯伯了。」一燈只嘆道：「孽障，孽障。」臉色隨即轉爲慈和，對靖蓉二人道：「這是我命中該當遭劫，跟你們全不相干，就是那瑛姑，也只是要了卻從前的一段因果。你們去休息幾天，好好下山去罷。我雖中毒，但我師弟是療毒聖手，不用掛懷。」說著閉目而坐，再不言語。

靖蓉二人躬身下拜，見一燈大師滿臉笑容，輕輕揮手，兩人不敢再留，慢慢轉身出去。那小沙彌候在門外，領二人到後院一間小房休息。房中也全無陳設，只放著兩張竹榻，一隻竹几。

不久兩個老和尚開進齋飯來，說道：「請用飯。」黃蓉掛念一燈身子，問道：「大師好些了麼？」一個老和尚尖聲道：「小僧不知。」俯身行禮，退了出去。郭靖道：「聽這兩人說話，我還道是女人呢。」黃蓉道：「是太監，定是從前服侍段皇爺的，就像米鋪中那個唱曲的楊老丈。」郭靖「啊」了一聲，兩人滿腹心事，又怎吃得下飯去。

寺院中一片幽靜，萬籟無聲，偶然微風過處，吹得竹葉簌簌作聲，過了良久，郭靖道：「蓉兒，一燈師伯的武功可高得很哪。」黃蓉「嗯」了一聲。郭靖又道：「咱們師父、你爹爹、周大哥、歐陽鋒、裘千仞這五人武功再高，卻也未必勝過一燈師伯。」黃蓉道：「你說這六人之中，誰能稱得上天下第一？」郭靖沉吟半晌道：「我看各有各的獨到造詣，實在難分高下。這一門功夫是這一位強些，那一門功夫又是那一位厲害了。」黃蓉道：「若說文武全才、博學多能呢？」郭靖道：「那自然要推你爹爹啦。」黃蓉甚是得意，笑靨如花，忽然嘆了口氣道：「因此這就奇啦。」

郭靖忙問：「奇甚麼？」黃蓉道：「你想，一燈師伯這麼高的本領，漁樵耕讀四位弟子又均非泛泛之輩，他們何必這麼戰戰兢兢的躲在這深山之中？為甚麼聽到有人來訪，就如大禍臨頭般的害怕？當世五大高手之中，只西毒與裘鐵掌或許是他對頭，但這二人各負盛名，難道能不顧身分、聯手來跟他為難麼？」郭靖道：「蓉兒，就算歐陽鋒與裘千仞聯手來尋仇，咱們也不怕。」黃蓉奇道：「怎麼？」

郭靖臉上現出忸怩神色，頗感不好意思。黃蓉笑道：「咦！怎麼難為情起來啦？」郭靖道：「一燈師伯武功決不在西毒之下，至少也能打成平手，我瞧他的反手點穴法似乎正是蛤蟆功的剋星。」黃蓉道：「那麼裘千仞呢？漁樵耕讀四人可不是他對手。」郭靖道：「不錯，在洞庭君山和鐵掌峯上，我都曾和他對過一掌，那時打下去，五十招之內，或許能跟他拚成平手，一百招之後，多半便擋不住了。今日我見了一燈師伯為你治傷的點穴手法……」黃蓉喜道：「你就學會了？你能勝過那該死的裘鐵掌？」

郭靖道：「你知我資質魯鈍，這點穴功夫精深無比，那能就學會了？何況師伯又沒說傳我，我自然不能學。不過看了師伯的手法，於九陰眞經本來不明白的所在，又多懂了一些。要勝過裘鐵掌是不能的，但要跟他多耗些時刻，想來也還可以。那時你也可插手打那老傢伙了。」黃蓉嘆道：「可惜你忘了一件事。」郭靖道：「甚麼？」黃蓉道：「師伯中了毒，不知何時能好。」郭靖默然，過了一陣，恨恨的道：「那瑛姑恁地歹毒。」忽然驚道：「啊，不好！」

黃蓉嚇了一跳，道：「甚麼？」郭靖道：「你曾答允瑛姑，傷愈之後陪她一年，這約守是不守？」黃蓉道：「你說呢？」郭靖道：「倘若不得她指點，咱們定然找不到師伯，你的傷勢那就難說得很……」黃蓉道：「甚麼難說得很？乾脆就說我的小命兒一定保不住。你大丈夫言出如山，定是要我守約的了。」她想到郭靖不肯背棄與華箏所訂的婚約，不禁黯然垂頭。

這些女兒家心事，郭靖捉摸不到半點，黃蓉已在泫然欲泣，他卻渾渾噩噩的不知不覺，只道：「那瑛姑說你爹爹神機妙算，勝她百倍，就算你肯教她術數之學，終難及你爹爹的皮毛，那幹麼還是要你陪她一年？」黃蓉掩面不理。郭靖還未知覺，又問一句，黃蓉怒道：「你這傻瓜，甚麼也不懂！」

郭靖不知她何以忽然發怒，給她罵得摸不著頭腦，只得道：「蓉兒！我原本是傻瓜，這才求你跟我說啊。」黃蓉惡言出口，原已極爲後悔，聽他這麼柔聲說話，再也忍耐不住，伏在他懷裏哭了出來。郭靖更加不解，只得輕輕拍著她背脊安慰。

黃蓉拉起郭靖衣襟擦了擦眼淚，笑道：「靖哥哥，是我不好，對不起，下次我一定不罵你啦。」郭靖道：「我本來是傻瓜，你說說有甚相干？」黃蓉道：「唉，你是好人，我是壞姑娘。我跟你說，那瑛姑跟我爹爹有仇，本來想精研術數武功，到桃花島找我爹爹報仇，後來見術數不及我，武功不及你，知道報仇無望，就想把我作爲抵押，引我爹爹來救。這般反客爲主，她就能布下毒計害他啦。」

郭靖恍然大悟，一拍大腿，道：「啊，一點兒也不錯，這約是不能守的了。」黃蓉道：「怎麼不守？當然要守。」郭靖奇道：「咦？」黃蓉道：「瑛姑這女人厲害得緊，瞧她在九花玉露丸中混雜毒丸加害師伯的手段，就可想見其餘。此女不除，終是爹爹的大患。她要我相陪，就陪好了，現下有了提防，決不會再上她當，不管她有甚麼陰謀毒計，我總能勝得她一招半式。」郭靖心道：「你總能比她更加厲害。」忽覺這句話說出來又怕惹惱了黃蓉，忙改口道：「唉，那可如伴著一頭老虎一般。」

黃蓉正要回答，忽聽前面禪房中傳來數聲驚呼。

兩人對望一眼，凝神傾聽，驚呼聲卻又停息。郭靖道：「不知師伯身子怎地？」黃蓉搖了搖頭。郭靖又道：「你吃點飯，躺下歇一陣。」黃蓉仍是搖頭，忽道：「有人來啦！」

只聽得幾個人腳步聲響，從前院走來，一人氣忿忿的道：「那小丫頭詭計多端，先宰了她。」聽聲音正是那農夫。靖蓉二人吃了一驚，又聽那樵子道：「不可魯莽，先問問清楚。」那農夫道：「還問甚麼？兩個小賊必是師父的對頭派來的。咱們宰一個留一個。要問，問那傻小子就成了。」說話之間，漁樵耕讀四人已到了門外，他們堵住了出路，說話也不怕靖蓉二人聽見。

郭靖更不遲疑，一招「亢龍有悔」，出掌向後壁推去，只聽轟隆隆一聲大響，半堵土牆登時推倒。他俯身負起黃蓉，從半截斷牆上躍了出去，人在空中，那農夫出手如風，倏來抓他左腿。黃蓉左手輕揮，往農夫掌背「陽池穴」上拂去，這是她家傳的「蘭花拂穴手」，雖傷後無力，但這一拂輕靈飄逸，認穴奇準，卻也非同小可。那農夫精熟點穴功夫，眼見她手指如電而至，吃了一驚，忙回手相格，穴道沒給拂中，但就這麼一慢，郭靖已負著黃蓉躍出後牆。

他只奔出數步，叫一聲苦，禪院後面長滿了一人來高的荊棘，密密麻麻，倒刺橫生，無路可走，回過頭來，漁樵耕讀四人一字排開，攔在身前。郭靖朗聲道：「尊師命我們下山，各位親耳所聞，卻為何違命攔阻？」

那漁人瞪目而視，聲如雷震，說道：「我師慈悲為懷，甘願捨命相救，你……」靖蓉二人驚道：「怎地捨命相救？」那漁人與農夫同時「呸」的一聲，那書生冷笑道：「姑娘之傷是我師捨命相救，難道你們當真不知？」靖蓉齊道：「實是不知，乞道其詳。」

那書生見二人臉色誠懇，不似作偽，向樵子望了一眼。樵子點了點頭。書生道：「姑娘身上受了極厲害的內傷，須用一陽指再加上先天功打通周身經脈各大穴道，方能療傷救命。自從全真教主重陽眞人仙遊，當今唯我師身兼一陽指與先天功兩大神功。但以這功夫為人療傷，本人不免元氣大傷，五年之內武功全失。」黃蓉「啊」了一聲，既感且愧。

那書生又道：「此後五年之中每日每夜均須勤修苦練，只要稍有差錯，不但武功難復，而且輕則殘廢，重則喪命。我師如此待你，你怎能喪盡天良，恩將仇報？」

黃蓉掙下地來，朝著一燈大師所居的禪房拜了四拜，嗚咽道：「伯伯活命之恩，實不知深厚如此。」

漁樵耕讀見她下拜，臉色稍見和緩。那漁人問道：「你爹爹差你來算計我師，是否你自己也不知道？」黃蓉怒道：「我爹爹怎能差我來算計伯伯？我爹爹桃花島主是何等樣人，豈能做這卑鄙齷齪的勾當？」那漁人作了一揖，說道：「倘若姑娘不是令尊所遣，在下言語冒犯，還望恕罪。」黃蓉道：「哼，這話但教我爹爹聽見了，就算你是一燈大師的高徒，總也有點兒苦頭吃。」那漁人一哂，道：「令尊號稱東邪，行事……行事……嘿嘿……我們本想西毒做得出的事，令尊也能做得出。現下看來，只怕這個念頭轉錯了。」黃蓉道：「我爹爹怎能跟西毒相比？歐陽鋒那老賊幹了甚麼啦？」那書生道：「好，咱們把一切攤開來說個明白。回房再說。」

六人回入先前相聚的東廂房，分別坐下。漁樵耕讀四人所坐地位，若有意若無意的各自擋住了門窗通路，黃蓉知道是防備自己逃逸，只微微一笑，也不點破。

那書生道：「九陰眞經的事你們知道麼？」黃蓉道：「知道啊，難道此事與九陰眞經又有干係了？唉，這書當眞害人不淺。」不禁想起母親因默寫經文不成而死。那書生道：「華山首次論劍，是爲爭奪眞經，全眞教主武功天下第一，眞經終於歸他，其餘四位高手心悅誠服，原無話說。那次華山論劍，各逞奇能，重陽眞人對我師的一陽指甚是佩服，第二年就和他師弟到大理來拜訪我師，互相切磋。」

黃蓉接口道：「他師弟？是老頑童周伯通？」那書生道：「是啊，姑娘年紀雖小，識得人卻多。」黃蓉道：「你不用讚我。」那書生道：「周師叔爲人確是很滑稽的，但我可不知他叫做老頑童。那時我師還沒出家。」黃蓉道：「啊，那麼他是在做皇帝。」

那書生道：「不錯，全眞教主師兄弟在皇宮裏住了十來天，我們四人都隨侍在側。我師將一陽指的要旨訣竅，盡數說給了重陽眞人知道。重陽眞人十分歡喜，也將他最厲害的先天功功夫傳給了我師。他們談論之際，我們雖然在旁，只因見識淺陋，縱然聽到，卻也難以領悟。」

黃蓉道：「那麼老頑童呢？他功夫不低啊。」那書生道：「周師叔好動不好靜，每日裏在大理皇宮裏東闖西走，到處玩耍，竟連皇后與宮妃的寢宮也不避忌。太監宮娥們知道他是皇爺的上賓，也就不加阻攔。」黃蓉與郭靖臉露微笑。

那書生又道：「重陽眞人臨別之際，對我師言道：『近來我舊疾又發，料想不久人世，歐陽鋒雖然了得，好在先天功已有傳人，再加上皇爺的一陽指神功，世上已有剋制他之人，就不怕他橫行作怪了。一陽指是大理不傳之秘，多承指點，貧道得見大道，欣喜無已，但絕不傳人。』這時我師方才明白，重陽眞人千里迢迢來到大理，旨在將先天功傳給我師，要在他身死之後，留下一個剋制西毒歐陽鋒之人。東邪、西毒、南帝、北丐、中神通五人向來齊名當世，若說前來傳授功夫，未免對我師不敬，是以先求我師傳他一陽指，再以先天功作爲交換。我師明白了他這番用意之後，好生相敬，當即勤加修練先天功。重陽眞人學到一陽指後，在世不久，並未研習，聽說也沒傳給徒弟。後來我大理國出了一件不幸之事，我師看破世情，落髮爲僧。」

黃蓉心想：「段皇爺皇帝不做，甘願爲僧，必是一件極大傷心事，人家不說，不便相詢。」斜眼見郭靖動唇欲問，忙向他使個眼色。郭靖「噢」的答應一聲，閉住了口。

那書生神色黯然，想是憶起了往事，頓了一頓，才接口道：「不知怎的，我師練成先天功的訊息，終於洩漏了出去。有一日，我這位師兄，」說著向那農夫一指，續道：「我師兄奉師命出外採藥，在雲南西疆大雪山中，竟給人用蛤蟆功打傷。」

黃蓉道：「那自然是老毒物了。」

那農夫怒道：「不是他還有誰？先是一個少年公子跟我無理糾纏，說這大雪山是他家的，不許旁人擅自闖入採藥。大雪山周圍千里，那能是他家的？這人自是有意向我尋釁無疑。我受了師父教訓，一再忍讓，那少年卻得寸進尺，說要我向他磕三百個響頭，才放我下山，我再也忍耐不住，終於跟他動起手來。我武功平庸，兩人鬥了半天，也只打得個平手。不料老毒物突然從山坳邊轉了出來，一言不發，出掌就將我打得重傷。那少年命人背負了我，送到我師父那時所住的天龍寺外。」

黃蓉道：「有人代你報了仇啦，這少年歐陽克已給人殺了。」那農夫怒道：「啊，已經死了，誰殺了他的？」黃蓉道：「咦，別人把你仇家殺了，你還生氣呢。」那農夫道：「我的仇怨要自己親手來報。」黃蓉嘆道：「可惜你自己報不成了。」那農夫道：「是誰殺的？」黃蓉道：「那也是個壞人，功夫遠不及那歐陽克，卻使詐殺了他。」

那書生道：「殺得好！姑娘，你可知歐陽鋒打傷我師兄的用意麼？」黃蓉道：「那有甚麼難猜？憑西毒的功夫，一掌就能將你師兄打死了，可是只將他打得重傷，又送到你師父門前，當然是要師伯耗損眞力給弟子治傷。依你們說，這一來元氣耗損，就得用五年功夫來修補，下次華山論劍，師伯當然趕不上他啦。」

那書生嘆道：「姑娘果眞聰明，但也只猜對了一半。那歐陽鋒的陰毒狠辣，人所難料。他乘我師給師兄治傷之後，玄功未復，竟然便來襲擊，意圖害死我師……」郭靖插嘴問道：「一燈師伯如此慈和，難道也跟歐陽鋒結了仇怨？」那書生道：「小哥，你這話可問得不對了。第一，慈悲爲懷的好人，跟陰險毒辣的惡人向來就勢不兩立。第二，歐陽鋒要害人，未必就爲了跟人有仇。只因他知先天功一陽指是他蛤蟆功的剋星，就千方百計的要想害死我師。」郭靖連連點頭，又問：「師伯受了他傷害麼？」

那書生道：「我師一見我師兄身上的傷勢，便即洞燭歐陽鋒的奸謀，爲我師兄治傷後，連夜遷移，總算沒給西毒找到。我們知他一不做，二不休，決不肯就此罷手，四下尋訪，總算找到了此處這個隱秘的所在。我師功力復元之後，依我們師兄弟說，要找上白駝山去跟西毒算帳，但我師力言不可怨怨相報，不許我們出外生事。好容易安穩了這些年，那知又有你兩人尋上山來。我們只道旣是九指神丐的弟子，決不能有加害我師之心，是以上山之時也沒全力阻攔，否則拚著四人性命不要，也決不容你們進入寺門。豈知人無傷虎意，虎有害人心，唉，我師還是遭了你們毒手。」說到這裏，劍眉忽豎，虎虎有威，慢慢站起身來，唰的一聲，腰間長劍出鞘，一道寒光，耀人眼目。

漁人、樵子、農夫三人同時站起，各出兵刃，分佔四角。

黃蓉道：「我來相求師伯治病之時，實不知師伯這一舉手之勞，須得耗損五年功力。那藥丸中混雜了毒丸，更是受旁人陷害。師伯恩德，天高地厚，我就算全無心肝，也不能恩將仇報。」

那漁人厲聲道：「那你們爲甚麼乘著我師功力既損、又中劇毒之際，引他仇人上山？」靖蓉二人大吃一驚，齊聲道：「沒有啊！」那漁人道：「還說沒有？我師一中毒，山下就接到那對頭的玉環，若非先有勾結，天下那有這等巧事？」黃蓉道：「甚麼玉環？」那漁人怒道：「還在裝痴喬獃！」雙手鐵槳一分，左槳橫掃，右槳直戳，分向靖蓉二人打到。

郭靖本與黃蓉並肩坐在地下蒲團之上，見雙槳打到，躍起身來，右手勾抓揮出，拂開了橫掃而來的鐵槳，左手跟著伸前抓住槳片，上下一抖。這一抖中蘊力蓄勁，甚是凌厲，那漁人只覺虎口酸痲，不由自主的放脫了槳柄。郭靖迴過鐵槳，噹的一聲，與農夫的鐵耙相交，火花四濺，隨即將鐵槳遞回漁人手中。漁人一愕，順手接過，右膀運力，與樵子的斧頭同時擊下。郭靖雙掌後發先至，勢挾勁風，襲向二人胸前。那書生識得降龍十八掌的厲害，急叫：「快退。」

漁人與樵子是名師手下高徒，武功非比尋常，這兩招均未用老，疾忙收勢倒退，猛地裏身子一頓，倒退之勢斗然抑止，原來手中兵刃已給郭靖掌力反引向前，無可奈何，只得撒手，先救性命要緊。郭靖接過鐵槳、鋼斧，輕輕擲出，叫道：「請接住了。」

那書生讚道：「好俊功夫！」長劍挺出，斜刺他右脅。郭靖眼看來勢，心中微驚，已知一燈四大弟子中這書生雖人最文雅，武功卻勝儕輩，當下不敢怠慢，雙掌飛舞，將黃蓉與自己籠罩在掌力之下。這一守當眞穩若淵停岳峙，直無半點破綻，雙掌氣勢如虹，到後來圈子愈放愈大，漁樵耕讀四人給逼得漸漸向牆壁靠去，別說進攻，連招架也自不易。這時郭靖掌力若吐，四人中必然有人受傷。

再鬥片刻，郭靖不再加催掌力，敵人硬攻則硬擋，輕擊則輕架，見力消力，穩持不勝不負的均勢。

那書生劍法忽變，長劍振動，嗡然作聲，久久不絕，接著上六劍，下六劍，前六劍，後六劍，左六劍，右六劍，連刺六六三十六劍，那是雲南哀牢山三十六劍，號稱天下劍法中攻勢凌厲第一。郭靖左掌擋住漁樵耕三人的三般兵器，右掌隨著書生長劍的劍尖上下、前後、左右舞動，儘管劍法變化無窮，他始終以掌力將劍刺方向逼歪了，每一劍都貼衣而過，刺不到他一片衣角。

堪堪刺到第三十六劍，郭靖右手中指曲起，扣在拇指之下，看準劍刺來勢，猛往劍身上彈去。這彈指神通的功夫，黃藥師本是並世無雙，當日他與周伯通比玩石彈、在歸雲莊彈石指點梅超風，都使了這門功夫。郭靖在臨安牛家村見了他與全眞七子一戰，學到了其中若干訣竅，彈指手法雖遠不及黃藥師奧妙，但力大勁厲，只聽得錚的一聲，劍身抖動，那書生手臂酸麻，長劍險些脫手，疾忙後躍，叫道：「住手！」

漁樵耕三人一齊跳開，背心靠到了牆壁，漁人、農夫從門中躍出，樵子將斧頭揷還腰中，笑道：「我早說這兩位未存惡意，你們總是不信。」那書生收劍還鞘，一揖說道：「小哥掌下容讓，足感盛情。」

郭靖忙躬身還禮，心中不解：「我們本就不存歹意，爲何你們起初定是不信，動了手卻反而信了？」黃蓉見他臉色，料知他心意，在他耳邊細聲道：「你若懷有惡意，早將他們四人傷了。一燈師伯此時又怎是你對手？」郭靖心想不錯，連連點頭。

那農夫和漁人重行回房。黃蓉道：「但不知師伯的對頭是誰？送來的玉環又是甚麼東西？」那書生道：「非是在下不肯見告，實在我等亦不知情，只知我師出家與此人大有關連。」黃蓉正欲再問，那農夫突然跳起，叫道：「啊也，這事好險！」漁人道：「甚麼？」那農夫指著書生道：「我師治傷耗損功力，他都毫不隱瞞的說了。倘若這兩位不懷好意，我四人攔阻不住，我師父還有命麼？」

那樵子道：「朱相爺神機妙算，倘若連這一點也算不到，怎能做大理國的相爺？他早知兩位是友非敵，適才動手，一來是想試試兩位小朋友的功夫，二來是好教你信服。」那書生微微一笑。農夫和漁人橫了他一眼，半是欽佩，半是怨責。

就在此時，門外足步聲響，那小沙彌走了進來，合什說道：「師父命四位師兄送客。」各人當即站起。

郭靖道：「師伯既有對頭到來，我們怎能就此一走了事？非是小弟不自量力，卻要和四位師兄齊去打發了那對頭再說。」

漁樵耕讀互望一眼，各現喜色。那書生道：「待我去問過師父。」四人一齊入內，過了良久方才出來。靖蓉見到四人臉上情狀，已知一燈大師未曾允可。果然那書生道：「我師多謝兩位，但他老人家說各人因果，各人自了，旁人插手不得。」

黃蓉道：「靖哥哥，咱們自去跟師伯說話。」二人走到一燈大師禪房門前，卻見木門緊閉，郭靖打了半天門，全無回音。這門雖一推便倒，可是他那敢動粗？那樵子黯然道：「我師是不能接見兩位了。山高水長，咱們後會有期。」郭靖感激一燈大師，胸口熱血上湧，不能自已，說道：「蓉兒，師伯許也罷，不許也罷，咱們下山，但見山下有人囉唣，便打他一個落花流水再說。」黃蓉道：「此計大妙。倘若師伯的對頭十分厲害，比如是歐陽鋒之流，咱們先大大耗損他的功力，再死在他手裏，也算是報了師伯的恩德。」郭靖的話是衝口而出，黃蓉卻故意提高嗓子，要叫一燈大師聽到。

兩人剛轉過身子，那木門忽然呀的一聲開了，一名老僧尖聲道：「大師有請。」郭靖又驚又喜，與黃蓉並肩而入，見一燈和那天竺僧人仍盤膝坐在蒲團上。兩人伏地拜倒，抬起頭來，見一燈臉色焦黃，與初見時神完氣足的模樣已大不相同。兩人又感激，又難過，不知說甚麼話好。

一燈向門外四弟子道：「大家一起進來罷，我有話說。」

漁樵耕讀走進禪房，躬身向師父師叔行禮。那天竺僧人點了點頭，隨即低眉凝思，對各人不再理會。一燈大師望著嬝嬝上升的青煙出神，手中玩弄著一枚羊脂白玉的圓環。

黃蓉心想：「這明明是女子戴的玉鐲，卻不知師伯的對頭送來有何用意。」

過了好一陣，一燈嘆了口氣，向郭靖和黃蓉道：「你倆一番美意，老僧心領了。中間這番因果，我若不說，只怕雙方有人由此受了損傷，大非老僧本意。你們可知道我原來是甚麼人？」黃蓉道：「伯伯原來是雲南大理國的皇爺。天南一帝，威名赫赫，天下誰不知聞？」一燈微微一笑，說道：「皇爺是假的，老僧是假的，『威名赫赫』更是假的。就是你這個小姑娘，也是假的。」黃蓉不懂他禪機，睜大一雙晶瑩澄澈的美目，怔怔的望著他。

一燈緩緩的道：「我大理國自神聖文武帝太祖開國，那一年是丁酉年，比之宋太祖趙皇爺陳橋兵變、黃袍加身，還早了二十三年。我神聖文武帝七傳而至秉義帝，他做了四年皇帝，出家爲僧，把皇位傳給姪兒聖德帝。後來聖德帝、興宗孝德帝、保定帝、憲宗宣仁帝、我的父皇景宗正康帝，都避位出家爲僧。自太祖到我，十八代皇帝之中，倒有七人出家。」

漁樵耕讀都是大理國人，自然知道先代史實。郭靖和黃蓉卻聽得奇怪之極，心道：「一燈師伯不做皇帝做和尚，已令人十分詫異，原來他許多祖先也都如此，難道做和尚當眞比皇帝還好麼？」

一燈大師又道：「我段氏因緣乘會，以邊地小吏而竊居大位。每一代都自知度德量力，實不足以當此大任，是以始終戰戰兢兢，不敢稍有隕越。然而帝皇不耕而食，不織而衣，出則車馬，入則宮室，盡都是百姓的血汗，是以每到晚年，不免心生懺悔，回首一生功罪，總是爲民造福之事少，作孽之務衆，於是往往避位爲僧了。」說到這裏，抬頭向外，嘴角露著一絲微笑，眉間卻有哀戚之意。

六人靜靜的聽著，不敢接嘴，一燈大師豎起左手食指，將玉環套在指上，轉了幾圈，說道：「但我自己，卻又不是因此而覺迷爲僧。這件因由說起來，還是與華山論劍、爭奪眞經一事有關。那一年全眞教主重陽眞人得了眞經，翌年親來大理見訪，傳我先天功的功夫。他在我宮中住了半月，兩人切磋武功，言談投機，豈知他師弟周伯通這十多天中悶得發慌，在我宮中東游西逛，惹出了一場事端。」

黃蓉心道：「這老頑童若不生事，那反而奇了。」

注：黃蓉與朱子柳（「漁樵耕讀」中之書生）在桃源石梁上之對答，包括引述《論語》、《孟子》、謎語、對子等多出自明代馮夢龍所編纂之《古今譚概》一書。我國古代筆記之內容，多爲記錄歷代逸聞、趣事、名言、雋語等等，六朝《世說新語》爲其中表表者。《古今譚概》所錄者多爲雋雅妙語，集古人或時人智慧之大成，非馮夢龍所自創，任何一則均無版權，亦不知最早始於何人。如言該等謎語、對子等爲黃藥師所創而爲黃蓉轉述，流傳後世，馮夢龍聞而錄之，再爲金庸轉述，亦難證其爲不然。大理國帝皇世系、立國年代等等，有史籍可稽，不能信筆所之，至於燈謎、笑話、妙對等等，以民間智慧爲多，恐難追尋其原始作者。如蘇州評彈「唐伯虎點秋香」中笑話、聯對，歪解經書等極多，均錄自民間智慧，此爲中國說部的傳統。

射鵰英雄傳(大字版) / 金庸作.　-- 二版.
-- 臺北市：遠流，2017.10
冊；　公分. -- (大字版金庸作品集；9–16)

ISBN 978-957-32-8121-4 (全套：平裝).

857.9　　　　　　　　　　106016842